朧《おぼろ》月《づき》市役所妖怪課

妖怪どもが夢のあと

青柳碧人

朧《おぼろ》月《づき》市役所妖怪課

妖怪どもが夢のあと

青柳碧人

角川文庫
19010

目次

「朧月市役所妖怪課」主な登場人物

妖怪課職員

宵原秀也《よいはらしゅうや》　自治体アシスタント。「小夜仙《さよせん》」の張る「夜の帳」に守られ、妖怪に好かれる。

蛍火鉄吉《ほたるびてつきち》　本部課長。「電磁鬼《でんじき》」の力を持ち、電化製品を少しなら操れる。

呪戸恭次《のろいどきょうじ》　本部主任。妖怪の力はないが、神官の家系であり、妖怪封じの技を心得る。

日名田《ひなだ》ゆい　本部職員。「件《くだん》」の力を持ち、不慮の痛みによって少しだけ未来を予想できる。

赤沢光則《あかざわみつのり》　本部職員。「蟹侍《かにざむらい》」の力を持ち、興奮すると口に泡ができ、手が蟹のハサミになる。

氷室閃助《ひむろせんすけ》　本部職員。「鉈《なた》ごり」の力を持ち、トカゲの妖力で両手首から先を切り離すことができる。

鎌首玲子《かまくびれいこ》　本部職員。「蛇女《へびおんな》」の力を持ち、小動物に睨みを効かせることができる。

揺炎魔女計画（フレアウィッチ・プロジェクト）

藤堂《とうどう》　菫《すみれ》　リーダー。妖怪だけを焼き尽くす炎を操る。

美《み》　玖《く》　結界を操る。

りんね　デジタルビデオカメラを回す記録係。

市政

黒乃森幸雄《くろのもりゆきお》　前朧月市長。妖怪と人間の共存を目指し、民間の妖怪退治を禁じた条例づくりを目指す。狐の家系。

朽方《くちかた》　忍《しのぶ》　元黒乃森の秘書。優秀な策士。黒乃森を辞任に追い込む。

藪坂光邦《やぶさかみつくに》　朧月市議会議員。狸使いの家系であり、狐の家系である黒乃森幸雄に激しいライバル意識を持つ。

プロローグ　夏の寝覚めのコリントゲーム

空には入道雲がわいている。

頬を撫《な》でる潮風、カモメの声が波の音に混じり、船は心地よい揺れの中にあった。

時は七月。一年のうちでもっとも爽快《そうかい》な季節、夏だ。

宵原秀也《よいはらしゅうや》にはわかっていた。——これは、夢だということが。

なぜなら、秀也が自治体アシスタントとして派遣されてきている朧月《おぼろづき》市には、海はないからである。のみならず、秀也がこの、三百六十度の水平線を見渡せる船の上にいるときには決まって、あるモノに会うのだった。

「おい、キミ」

やけに高圧的な声が、ずいぶん低い位置から聞こえた。

「キミってば、キミ。ヨイハラくん」

少年だった。前髪をまっすぐにそろえ、ストライプ柄のシャツを着ている。紺の半ズボン、白いソックス、磨かれた茶色いローファー。……見覚えがある顔だ。いったい、誰だっただろうか。

「キミも毎回毎回、しつこいやつだな」

少年は生意気な口調で言った。

「わかってはいるんだけれど、つい」

目の前の相手は、夢按針《ゆめあんじん》。人間ではなく、妖怪《ようかい》なのである。

人間の夢の中に現れ、その記憶をサルベージしたり、整理したりする。

この妖怪の最大の特徴はその見た目だ。人間は人生において多くの出会いと別れを繰り返す。その中で会話を交わした人間のうちほとんどは、会うことがなくなってから記憶の奥のほうに追いやられてしまうものだ。その、なんとなく覚えはあるがはっきりと誰だか思い出せないくらいの人間の顔と声の記憶を、彼（女性のこともあるので適切な表現ではないが）は借りて出現するのだった。

「今日はどうして」

「どうして出てきたんだ、とでもいうんだろ、まったく」

そうそう、この偉そうな態度。小学生のころの同級生かもしれない。

「惜しいかな。……まあ、いいんだそんなことは。今日はちょっと、予知で現れたんだ」

「予知？」

「ああ、予知夢っていう言葉、キミでも聞いたことがあるだろう？」

なんとなく聞いたことはある。

「そんなのボクにできるわけない、なんて思っているんだろうかねえ」

はあ、と息をつき、両手を肩のあたりまで上げると、やれやれといったように少年は首を振った。

「これだから頭の固い奴は……」

「いったい、なんなんだよ？」

「いいかい、ヨイハラくん。夢按針をなめてもらっては困るよ。ただ人間の記憶の整理をしているだけじゃあ、本当に記憶の中の存在になりさがってしまうじゃないか」

「うん」

よくわからなかったので、生返事をした。

「ぼくだって妖怪なんだ。昨今、朧月市で起こっている緊急事態については知っている」

「緊急事態？」

「やだなあ」

夢按針少年は右手を挙げた。突然、右舷《うげん》のほうから飛沫《しぶき》が上がった。きらきらと光る飛沫は記憶の映像のスクリーン替わりになるのだ。

そこに映し出されたのは、三人の若い女性たちだった。

「〈揺炎魔女計画《フレアウイッチ・プロジェクト》〉……」

「その通り。彼女たちが妖怪を退治して回っているのは知っている。ぼくはまあ、夢の中にしか姿を現さないから他の連中よりは安全だとは思っているが、彼女たちの横暴を止めたいと思っているのは一緒だ。予知というのは、彼女らに関することとさ。彼女たちによって、近々、ものすごい妖怪が解き放たれる恐れがあるんだ」

「えっ……？」

「いいかい、はっきりとは言えないが、なんだか邪悪な予感がするんだ。ヨイハラくん。彼女たちを止めるにはおそらく、キミの力がいるだろう」

そんな。自分はこの市へ派遣されてきた、

「ただの自治体アシスタント、だなんていうんじゃないだろうね？」

夢按針は秀也の顔を睨《にら》みつけた。この眼光は記憶にない。妖怪・夢按針の本来の目だろう。

「でも、事実そうだし」

ここ数日の秀也の頭の中はそれでいっぱいだった。この朧月市での勤務は九月の半ばまで。あと約一ヶ月半だ。先日、自治体アシスタント登録センターから次の赴任先の希望調書も届いた。書類の書き込みも終わっている。

せっかく職場の仲間とも打ち解けてきたし、特異な自治体であるとはいえ、仕事の楽しさというものもわかってきた。それなのにここを離れなければならないという寂しさのようなものを、ふと感じることがある。

「感傷的になっている場合かよ」

夢按針はそんな秀也の気持ちをばっさりと切り捨てると、人差し指を立てた。

「もうキミは朧月市の運命に巻き込まれているんだよ」

「そんな……」

「ヨイハラくん。この朧月市を〈揺炎魔女計画〉から、そしてこれから現れようとしているとんでもない妖怪から、守ってくれ」

秀也が返事をする前に、夢按針は両手をクロスした。右舷・左舷のスクリーンの飛沫が甲板になだれ込んでくる。

「わっ」

秀也は記憶の水に飲まれる。溺《おぼ》れながら、空に変なものを見た。

濃緑色の長い影。全身を覆う、うろこのようなもの。あれは……一体？　……続いて、目の前にきらりと刃物が突きつけられた。日本刀よりは刃の幅が広い剣だ。黄金の柄には赤や緑の玉がつけられ、精緻《せいち》な装飾が施されている。……何者かがその剣を振りかざし、秀也めがけて振り下ろしてくる。

口に、液体と化した記憶の断片が入ってきた。

「ぐふっ！」

もう甲板どころか、船の形さえ見えなかった。秀也は記憶の渦に呑《の》まれ、視界が真っ白になった。

＊

「……さん。ヨイハラさん」

誰かが秀也を呼ぶ声がした。

目を開ける。

「わっ！」

思わず跳ね起き、自分がひどく不安定な床の上に布団を敷いて寝ていることに気づいた。

「ひゃひゃひゃひゃ……」

甲高く、耳障りな笑い声がする。

フローリングの床。だがいつもと違う。傾斜があるのだ。

「こ、これは？」

テーブルの脚を握って寝転んでいるスーツ姿の男がいる。髪型はミディアムスタイル。顔は青白く、目玉はない。前歯が一本欠けている。

妖怪・長屋歪《ながやゆがめ》だ。かつて東北地方にいたという、家屋の間取りを自由に変えてしまう妖怪で、秀也はこの朧月市に来て以来、ずっと取り憑《つ》かれているのだった。

室内の状態を見て、秀也は言葉を失った。

傾いたフローリング。広さにして四十～五十畳はあるだろうか。あちこちに「柱」が立てられている。

「ひゃひゃひゃ。ご覧ください」

長屋歪は気味悪く笑いながら、両手に持ったパネルを見せてきた。今現在の、この部屋の間取りが書かれているのだ。

「コリントゲーム仕様です」

バネの力を利用してビー玉などをはじき、盤上の穴に入れたり、台の下の点数の仕切りに入れたりして楽しむ、パチンコの元となったゲームだ。今、この部屋全体がコリントゲームになっている。秀也の乗っている布団は、弾《はじ》き棒のすぐ先にあった。

「それでは――」

パネル上のバネ棒を鉛筆の先で引いていく長屋歪。秀也のすぐ下で、木製の太い棒がぎぎぎぎと下がっていく。

「やめろ、やめ……」

「行ってらっしゃいっ！」

長屋歪が指を離すと同時に、パネル上で棒が動いた。同時に現実の弾き棒が動き、秀也はものすごい衝撃とともに、布団ごと弾き飛ばされた。

「わーっ！」

「ひゃひゃひゃひゃひゃ……」

笑い声の中、布団は一度窓際の壁まで飛ばされ、そのあと重力によって、無数の柱が待ち受けるフローリングスペースのほうに引き寄せられる。ワックスでもかけたのかというくらい、床は滑りやすくなっていた。

ばしん、ばしんと柱に当たりながら、秀也を乗せた布団は落ちていく。

朝から、どうしてこんないたずらに付き合わされなければならないのか。目の前に見えたテーブルの脚をつかむ。秀也を残し、布団だけがずるずるとフローリングの上を滑っていった。

「長屋歪！」

テーブルの脚にぶら下がった秀也は、妖怪《ようかい》に対して怒声を浴びせた。

そのときだった。

「あにい！」

金属がすれ合うような声がした。けたたましいノック音。

下方の壁には出入り口がついており、そのドアをどんどんと誰かが叩《たた》いているのである。

「長屋歪のあにい！」

「ん？　この声は」

長屋歪は、すすすーっと腹這《はらば》いになってフローリングを滑り降り、出入り口に達すると、鍵《かぎ》を開けた。

「あにい！」

襤褸《ぼろ》のちゃんちゃんこを羽織った、坊主頭の少年が立っていた。

「あにい、朝から何をやってるんですか？」

必死でテーブルの脚にしがみついているために、よく見えなかったが、少年がしゃべる様子はどこかおかしい気がした。長屋歪との親しさから考えて、彼も妖怪なのではないか。

「コリントゲームだよ、ひゃひゃひゃひゃ」

「ハイカラですね、きき、きききき」

「ひゃひゃ、ひゃひゃひゃひゃ」

長屋歪はスーツの袖《そで》でパネルをぬぐった。とたんに、部屋はいつもの間取りに戻った。

秀也はテーブルの脚をつかんだまま、床に寝転がっている状態だ。

「ヨイハラさん。初めてでしたね。紹介しますよ」

立ち上がり、玄関の外に立っているそれの姿を改めて眺め、……ぎょっとした。

見た目は田舎くさい坊主頭の少年である。奇妙なのはその顔だ。

口が赤いひもで縫い合わされている。そしてその口とは別に、頬から額にかけてのあたりを、ちょこまかと唇が動いているのだった。

「こいつは、〝わけしり口〟と申しまして、ここ五十年ほどつるんでるんですよ、ひゃひゃひゃ」

「ヨイハラさん、お噂はかねがね伺っております。きききっ」

動き回る唇から金属的な声が出る。

「見ての通りちょっと変わったやつですけどね、これで、情報ツウなんですよ。ひゃひゃ」

わけしり口は、ひょこっとお辞儀をした。

「それで、今日はどうした、そんなに慌てて」

「あ、そうだ」

長屋歪の顔を見上げるわけしり口。

「出やがったんですよ、ものすげえやつが」

「妖怪か？」

「ええ」

わけしり口の唇は、虫のように顔を這《は》い、彼の額へ移動した。

「瞬入道《まばたきにゅうどう》です」

長屋歪は顔を歪《ゆが》めた。

「たしかにやっかいだが、つい最近も出たろう」

「もう十五年も経ちますよ」

「最近じゃないか、ひゃひゃひゃひゃ」

「前回の封じが甘かったんでしょうや。前回と同じ肩傷山《かたきず》に」

「それ、どこにあるんだっけ？」

「呪戸《のろいど》神社の裏ですよ」

妖怪同士の会話をなんとなく聞いていた秀也は「えっ？」と声を上げた。

呪戸神社。――それは、現在の秀也の上司の実家だった。

第一章　呪戸神社裏山、瞬入道《まばたきにゅうどう》騒動の件

——瞬入道《まばたきにゅうどう》（朧月市条例指定妖怪　登録番号311）

山中に現れる入道。白く柔らかそうな外見をしており、大きな目を一つ持つ。昼夜を問わず周囲を見回しており、観察するものと目が合うと瞬《まばた》きをする。これと同時に瞬きをしてしまうと、体がしびれ、ひどい時は心停止をしてしまうともいう。

明治初期、出雲《いずも》での話。

山村を診て回る医師がいた。いつものように山間の村々の老人たちを診て回っているとき、峠にさしかかった。すると、いつもは人が少ないその峠に、二十人ほどの老若男女がひしめきあっていた。人々はみな直立不動で、ある一定の方向を凝視し、小刻みに震えていたのだった。あまりに異様な光景に医師はしばし呆然《ぼうぜん》としていたが、彼らが見ている方向に目をやった。

向こうの山に、白く大きな人影のようなものが佇《たたず》み、大きな一つ目でこちらをじっと見ていた。古くから聞く瞬入道だとすぐに悟った医師は目を伏せ、山道を急いだ。老若

男女は、夜になっておびえながら山を下りてきたという。

（出典：津浦紺斉《つうらこんさい》『紺朴夜話《こんぼくやわ》』）

1

中内剛六《なかうちごうろく》は山道を下っていた。

夏の早朝の空気は気持ちがいい。だが、だいぶ傾斜がきつくなってきた。山歩きはここ十年の趣味だが、こういう下り勾配《こうばい》は膝《ひざ》に負担がかかるので苦手だ。滑らないよう、ゆっくりと踏みしめて下りていく。

背中の籠《かご》を背負い直して腕時計を見る。六時半を過ぎていた。立ち入りが禁じられている地域だから見つからない時間帯に済ませなければならない。

再び歩き始めて五分も経った頃、ぶにゅりとした感触が靴底を襲った。

「ひぅ！」

思わず声を上げる。足元を見ると、透明の塊がうにゅうにゅと進んでいくところだった。

「なんだ、べたりのか」

そういえばもう七月も後半、べたりのが出る季節だ。朧月ならではの自然を体感しながら、先を急ぐ。傾斜が緩やかになり、細い道を曲がったとき、木々の間に視界が開け、目的地が見えてきた。

憮悔ヶ池《ぶぶがいけ》。ぶどう汁と鉄さびを混ぜ合わせたような、なんとも気色の悪い色の水、というより泥だ。深さは知れず、底なしだという噂もあるくらいだった。ほとりには、塗装のはげた赤い社もある。格子の隙間から、白い石でできた狐の像が見えた。こんなところで稲荷《いなり》信仰でもないだろうに。

うっそうと生い茂る森にぽっかりと穴が開き、円形に空が切り取られ、正面の山も見える。水面は毒々しいが、目的地についたというすがすがしさがあった。

一息つくと、剛六はゆっくりと池の周りを歩きながら、木々の根元を見ていった。立派なアカマツがたくさん生えている。たしかに、ここは収穫がありそうだ。

「おお、あったあった」

しゃがみこんで摘み取る。立派なアミタケだった。

呪戸神社の敷地内であるこの池のほとりが、キノコ狩りの穴場であることを教えてくれたのは、先日バス停に居合わせた随分若い女性だった。

——**ぬぬわんぬぼーん**

ぎょっとして顔を上げる。そうめんのような白いものが飛んでいく。

「……脅かすなよ」

旅ノビルが飛んでいったのだ。さすが呪戸神社の敷地内の山。シロとはいえ、妖怪《ようかい》が普通に出てくる。最近では、街中でも妖怪に遭遇することは少なくなったのに……と、感傷めいたものを覚えたそのときだった。

剛六の視界の端に、なにやら白いものがむくむくと広がっていった。

向こうに見える山だった。中腹の木々の間に、雲のような白いものが盛り上がっていくのだ。山火事の煙だろうか。しかし、煙にしては広がり方が速すぎるし、それより実体がはっきりしすぎている。

なんだあれは、と思っていると、それはやがて人のような形になった。

山林の中に突如として現れた、巨大な人の形。あれはたしか……と思っていると、その「顔」にあたる部分に大きな目がぱっちりと現れた。

ああ、名前は忘れてしまったが、十五年ほど前に一度騒動が起きたはずだ。たしか、あの目とともに……目ははるかかなたの距離より、剛六を見つめていた。魅入られるようにその目を見た。

白い塊の目は瞬きをした。

釣られて剛六も瞬きをした。

えっ？

手からアミタケがぽとりと落ちた。――手の先がけいれんを始めた。続いて肘《ひじ》、胴、足、首、頭……なんだこれは、動けない。

剛六はそのまま、直立不動でその白いものを見つめ続けた。

2

宵原秀也は、自治体アシスタントだ。

大学卒業程度の教養を有する二十代前半の男女を日本各地の市町村に半年間派遣し、仕事を体験させるという制度である。さまざまな地方に即した問題対応を経験させることにより、数年後には地方行政アドバイザーと呼ぶにふさわしい人材を育て上げることができるはずだ、というのが政府の思惑であった。

秀也は自治体アシスタントセンターに登録して一年間待たされたのち、このG県朧月市という自治体に派遣されてきた。

この朧月市がとんでもない市だった。

第二次世界大戦後にGHQの施策により、日本中の妖怪が集められ、結界によって封じこめられた市なのである。さらにこの結界には「憶煙霧消《おくえんむしょう》の術」というものがかけられており、この結界を通った人間の記憶の中から妖怪のことは消えてしまうのだという。

朧月市はまさに、現代日本唯一の隠れ里的な市なのだった。

この市の中にいる妖怪は条例により危険度別に分類されている。登録番号００１〜０９７は白髑髏《どくろ》マーク（）、通称″シロ妖怪″で、「人間に被害を与えるとは想定されない妖怪」。登録番号１０１〜１９８は黒髑髏マーク一つ（）、通称″クロイチ妖怪″

で、「人間に被害を与えうるが、甚大とは想定されないため、封印を推奨されない妖怪」。登録番号201~292は黒髑髏マーク二つ（💀💀）、通称〝クロニ妖怪〟で、「人間に被害を与え、その被害も甚大になりうるので、封印、あるいは特定箇所に留《とど》めておくのが推奨される妖怪」。登録番号301~367は黒髑髏マーク三つ（💀💀💀）、通称〝クロサン妖怪〟で、「出現した場合、即、封印されるべき妖怪」である。

今、秀也がやってきたこの呪戸神社の裏山に現れた瞬入道なる妖怪は、一番危険度の高いクロサン妖怪というわけだった。

長い石段を登り、鳥居をくぐると、すぐ右脇にある社務所から上司である呪戸主任が出てくるのが見えた。市役所の職員でありながら常に神主のような恰好《かっこう》をしており、その割にひげを剃《そ》るのが嫌いなようでいつも無精ひげを生やしている。

「主任」

声をかけると、呪戸主任は振り返った。

「ん？　宵原か。どうした？」

「どうしたって、クロサン妖怪が出たっていうから」

するとあからさまに顔をゆがめた。

「ゆいちゃんから聞いたのか？」

「あ、いや……妖怪からです。長屋歪の弟分の、えっと、なんていいましたっけ」

「ひょっとして、わけしり口か？」

「ああ、それです」

呪戸主任は、はぁーっとため息をついた。

「お前、どれだけ妖怪に好かれてるんだよ。また小夜仙の力か」

秀也には、とある事情で「小夜仙《さよせん》」という妖怪がついている。普段は姿を見せないが「夜の帳《とばり》」という一種の結界を張っており、人間同士の喧嘩《けんか》(専門用語で「陽の邪気」というらしい)を寄せ付けず、さらに妖怪たちを寄せ付けるという特徴を持つ。これの効果(?)により、秀也は慣れない朧月市の生活の中で、朧月市役所の職員たちですら会ったことのない妖怪にいくつも遭遇しているのだった。

「今日は夜シフトのはずだろう?」

「ええまあ、そうです……」

秀也は先ほど、すこやか荘の自分の部屋で、長屋歪に「行ったほうがいいですよ。絶対行ったほうがいいですよ」としつこく迫られ、着替えてやってきたのだった。ちなみに秀也は顔に、霊力のこもった筆ペンで「天凶家凶〆凶」という呪文を書いており、この力により長屋歪は封じられてしまっている。

「まあいいか」

呪戸主任は何かを悟ったのか、笑みを見せた。

「ついてこい。見せたいものもある」

なんだろうと思いながら、「はい」と返事をし、秀也は呪戸主任についていく。

石畳は社務所から二十メートルほど続き、そこから先は再び、木の生い茂る中を登る石段となっていた。

「しかしお前も大変だよな」

呪戸主任は言った。

「次の赴任先の希望、決めたのか」

「ええ、まあ……」

先日、自治体アシスタント登録センターから、秀也のもとに一通の封筒が送られてきたのだ。自治体アシスタントは半年で一度任務を終えると、次の赴任先として希望する地方を申請することができる。その書類であった。希望が必ず通るというわけではないのだが、ある程度考慮されるということだった。

「九州のほうに、公営の火葬場の建設を巡ってもめている自治体があるんです」

同封されていたパンフレットに書かれていたことを秀也は思い出す。

「火葬場？」

「ええ。住民と行政の間に入る公務員の仕事の負担が増えているそうで、自治体アシスタントを急募していました」

「……まさか、そこに行くのか？」

秀也はうなずく。書類には必要事項を記入し、すでに昨日送付してしまった。

「まったく、なんで大変なほう、大変なほうに行こうとするんだ」

「なんていうか、困っている住民の方が助けがいがあるというか」

呪戸主任は、信じられないというように首を振った。

「とにかく、九月十五日まで、どうぞよろしくお願いします」

「まあいいや。ところでお前、『マユツバ帖《ちょう》』は、読んできたか？」

「はい」

「じゃあわかってると思うけどな」

大幣《おおぬさ》を秀也の顔に突きつける呪戸主任。

「絶対に、あの妖怪《ようかい》と目を合わせたまま、瞬《まばた》きをするんじゃねえぞ」

「はい」

緊張しながら答えた。

呪戸主任はどんどん石段を上っていく。秀也も遅れないように、その後ろをついていった。

3

電話がけたたましく鳴る。

台の下で居眠りをしていた空豆狸《そらまめだぬき》がぴょこっと飛び上がり、驚いたような表情で辺りを見回した。……まったく、どんくさい狸だ。藪坂光邦《やぶさかみつくに》は鼻息を出しながら、受話器を取る。

「なんだ」

「朽方《くちかた》さんがお見えになりました」

秘書の東《あずま》だった。

「そうか。通せ」

受話器を置き、椅子から立ち上がる。しばらくしてチョコレート色の扉がノックされた。扉を開けると、紫色のスーツに身を包み、髪を七三に分けた、細い顔の男がそこに立っていた。

「おはようございます、藪坂議員」

「朽方くん、ようこそ」

朽方忍《しのぶ》。つい先日まで、黒乃森幸雄《くろのもりゆきお》の秘書を務めていた男である。

黒乃森幸雄は藪坂と同じく、この朧月市の出身だ。妖怪と人間の共存を掲げ、昨年市長に当選した。

これは藪坂としては面白くない出来事だった。

藪坂はこの朧月に江戸時代から続く「狸使い」の家系であり、もともと朧月に生息していた狸をすべて従えてきた。戦後、ＧＨＱの政策によって日本各地から狸の妖怪が封じられてくると、それも従えて一大勢力を作り、市議会議員の座を守ってきたのである。

これに対し、黒乃森は自邸の敷地内に稲荷《いなり》神社を持つ狐の家系である。「狸と狐の化かし合い」という言葉通り、藪坂家と相容《あいい》れないのは当然であるが、黒乃森家は代々政界にはまったく関与してこなかったため、表立った衝突はなかったのである。

ところが突然の幸雄の出馬。そして市長への当選。藪坂は腹の中で虫が蠢《うごめ》くような嫌悪感を抱いていた。なんとか、幸雄を引きずり降ろすことができないものか……。だが、藪坂としては自らが市長になる気はなかった。それより、藪坂家伝統の一議席に居座りながら朧月市政を陰で操るほうが性に合っていた。

誰か、自分と親密な関係になりうる、市長の対抗候補はいないものか。……そう思っていた矢先、秘密裏に関係を結ぶことを打診してきたのが、朽方だったのである。

彼は朧月市の出身ではないが、どういうわけかこの市の市長になりたがっていた。そして、黒乃森が実行しようとしている「改正妖怪条例」を利用しようと進言してきた。それは、朧月市における民間の妖怪退治を禁止するというものであった。

朧月市内では危険な妖怪が出現した場合でも市役所妖怪課による「封印」しか認められていない。しかし、民間による妖怪退治を禁止する条項もあるわけではないのだ。市民の中には「能力を持った人々に妖怪を退治してもらいたい」と思う者たちが少なからずいるのはたしかである。

折から民間には〈揺炎魔女計画〉なる民間の女性三人組の妖怪退治会社が登場し、市民の要請を受けて市内で様々な妖怪を退治しはじめていた。藪坂は狸のネットワークを用いて彼女たちにコンタクトをとり、狸の妖怪は退治しないことなどの条件を認めさせ、妖怪退治活動をさらに進めることの支援を約束したのだった。

わざわざ妖怪の封印を解いて〈揺炎魔女計画〉に退治させるなど、かなり際どい方法も辞さず、黒乃森を貶《おと》しめ、ついに先日、彼を辞任に追い込んだのだ。これが六月のことである。

新しい市長を決める選挙は当初、七月にも行われる予定であったが、いろいろ手続き上の問題があって九月のはじめということになった。今現在は鮒見《ふなみ》、龍居《たつい》の両副市長が市長臨時代理として政務に当たっており、市長選にも鮒見のほうが立候補することになるそうだが、目下のところ、最有力候補は目の前にいる朽方忍である。彼が市長になれば、藪坂の意見は通りやすくなり、市内での藪坂家の地位はますます盤石《ばんじゃく》のものとなろうはずだった。

「議員、今日は紹介したい人物がいまして」

朽方はそう言って、ドアの陰に隠れていた人物を前に出した。

灰色の半袖《はんそで》のニットを着た、縁なし眼鏡の女性がそこには立っていた。

「柘榴田《ざくろだ》茉希《まき》と申します」

「おお、君か」

「はい。このたび、朽方先生の第一秘書になりました」

「そうかそうか」

つい最近まで妖怪課の職員だったという女性である。

地味に見えるが、野心が強く、一度は東京に出てとある衆議院議員の秘書をやっていたことがあるそうだ。議員の汚職事件に伴って職を失い、朧月に帰って市役所に就職した。その経歴をかぎつけた朽方が裏でコンタクトを取り、妖怪課内部のスパイとして暗躍してもらっていたのだ。

「まあ、二人とも突っ立っていないで、座りなさい」

「はい」

二人を座らせようとしているソファーの上には、先ほどの空豆狸が座って、こっくりこっくりと眠っていた。

「おい！」

怒鳴りつけると、空豆狸はぴょこっと立ち上がり、きょろきょろしたあと、「きゅりっ」とひと鳴きして、部屋の隅に退いた。

朽方と柘榴田はソファーに腰かけた。藪坂もその正面に座る。

「議員。ご所望の、妖怪課の職員の資料です」

柘榴田は、膝《ひざ》の上に置いたカバンの中から茶封筒を取り出した。受け取った藪坂は中の資料をテーブルの上に並べる。

もし民間の妖怪退治を条例で認めることになれば、「封印」のみ行う妖怪課は必要なくなる。残しておくという選択肢がないでもないだろうが、朽方がそれを望んでいるとは思えなかった。藪坂としては、狸一族が助かれば、それでいい。

「もし妖怪課をなくすということになった場合、彼らが抵抗する可能性があります」

朽方が言った。表情があまりない男だ。

「ああ、そうだろうな……」

「公の理由としては『人員削減』ということになりましょうが、それでも納得しないでしょう」

「ふむ」

怖いのは、彼らの妖怪の能力だ。

この朧月市には、たまに妖怪の力を持って生まれてきてしまう市民がいる。妖怪課にはそういった人材ばかりが集められているのだ。

藪坂は再び資料に目を落とし、彼らに備わっている妖怪の力を見ていく。

──電磁鬼《でんじき》、蛇女《へびおんな》、鉈《なた》ごり、蟹侍《かにざむらい》……

正直、ピンとこないものもある。この朧月市に生息している妖怪は実に三百五十を超えるという。いくら市議会議員とはいえ、それらをすべて覚えているわけはない。

「一番気を付けなければならないのは」

朽方は紙の束の中から一枚を取り出し、一番上に置いた。

「彼です」

──宵原秀也。

「ん？　まだ二十四歳じゃないか」

その顔を見て、不意に、藪坂は思い出した。

「こいつ、自治体アシスタントじゃなかったか？」

「そのとおりです。しかしながら、眉村燕《まゆむらつばめ》の曾孫《ひまご》なのです」

「まゆむら……誰だと？」

「『マユツバ帖《ちょう》』をまとめた、昔の妖怪《ようかい》課の職員です」

「そうか」

「宵原さんには」

縁なし眼鏡に手をやりながら、柘榴田が口をはさむ。

「小夜仙が憑《つ》いているのです」

「ふーん」

何を言っているのか、わからない。

「夜の帳《とばり》を張り、妖怪を引き付ける妖怪です」

藪坂の表情を読み取ったのか、柘榴田が説明を続ける。

「そうか。それはまあ、なんだな。大変だな」

生返事ばかりをしている。市役所のことはわからないことが多い。

「しかし彼はまだ若く、精神面が成長していません。そこを揺さぶってわれわれに対抗する気をなくさせようという計画を、実行しようかと」

朽方が極めて冷たい口調で言った。

「今日、〈揺炎魔女計画〉の三人が、仕掛けているはずです」

「まあとにかく、うまくやってくれ。化け狸どもはいくらでも使っていいから」

ふと柘榴田の顔を見ると、その目に、不信の光が宿っているのを感じた。……こういう場面には何度も出くわしている。政治家は種々の問題や陳情に対応するため、どうしても知らない分野のことが出てきてしまう。それがないように日々勉強するのがのぞましいとはされているが、どだい無理な話だ。専門外のことは、ごまかすに限る。

「どうだ、飯でも？」

「はっ」

「それじゃあ、何か美味《うま》いものでも取り寄せよう。市長就任の前祝いということで」

藪坂はにやりと笑ってみせた。

4

呪戸神社の敷地である呪戸山の裏に、市が管理している肩傷山という山がある。本殿の裏から全容が見えるのだが、その中腹に明らかに大きな異形のものが佇《たたず》んでいるのだった。木々の間から覗《のぞ》くのは、白い上半身のみだ。

「いいか、何度も言うが、目を合わせたまま瞬《まばた》きをするなよ」

「はい、わかっています」

秀也は目を見開いたまま答えた。

ぶよぶよした、柔らかそうな体だ。顔の部分には大きな目玉が一つついている。周囲をうかがうように首を回しながら、その目が時折、瞬きをするのだ。以前、黒乃森市長の家の前で対応した「茫黒玉《ぼうこくだま》」というクロイチ妖怪がいたのだが、それの目玉に似ていた。

しかしそこはクロサン妖怪、危険度が違う。

瞬きが伝染するかどうかは知らない。だが、人間というのは、やってはいけない、やってはいけないと思うほどに行動を導かれてしまうものである。「瞬入道と同時に瞬きをしてはいけない」と自分に言い聞かせるたびに、それをしてしまいそうで、怖くなった。

呪戸主任もそれを察したのであろう、ものの五秒も観察しただけで、「本殿に入るぞ」と、歩き出した。

「瞬入道は、本来、どこに封じられていたのですか？」

秀也は主任に聞いた。

「肩傷山の洞窟《どうくつ》だ。実は十五年前に一度出たことがあってな。その時、親父が封じたはずなんだが、その封じ方が甘かったのかもしれない」

主任の父親は数年前に亡くなっていた。現在は主任の兄が、あとを継いで神官となっている。

「人為的に封印が解かれたということは考えられないんですか？」

「霊力の強い場所だから、普通の人間が入ると頭痛がして、とても封印場所まではたどりつけないそうだ。まあ、特別な訓練を積んだり、妖怪の力を持ったりした者なら別だろうけれどな。俺とか、小夜仙憑きのお前とか。まあとにかく、今朝方から兄貴が調査に行ってるから、詳しいことはそのうちわかるだろ」

本殿に入ると、中には、金魚すくいに使うような平たく大きな水槽が八つも並べられていた。すべて薄青い液体で満たされ、一メートル×二メートルくらいの大きさの姿見がそれぞれに沈められている。

「これが、瞬入道を封じるための鏡ですか」

「ああ」

念のこもった液体で鏡を清め、霊力を授けている最中なのである。数時間後、清められた鏡（霊反鏡《れいはんきょう》という名で呼ばれる）を開けたところに数枚並べ、瞬入道に覗かせて瞬きをさせると、小さくしぼんでしまう。十五年前はそうして小さくした瞬入道を、洞窟の中に閉じ込めて扉を閉めたのだそうだ。

秀也と呪戸主任は並んで座布団に座った。主任は座机を手繰り寄せ、そこに載っていたノートパソコンのスイッチを入れた。

起動がはじまるあいだ、秀也は建物内部を見回した。しめ縄のかけられた小さな社がある。その前には、朧月市の地酒「天狗殺羽衣天女《てんぐごろしはごろもてんにょ》」の樽《たる》が並べられていた。

秀也は、おや、と思った。酒樽《さかだる》の並べられた脇に、この場にどうも似つかわしくないものが置いてあるのだ。

「主任、あれは？」

「ん？　ああ、昔ちょっと趣味でな」

赤いラジコンヘリだった。一メートルくらいの大きさのある本格的なもので、今にも音を立てて飛びそうだ。

「今はもう、やってないんですか？」

「この山の裏に、無悔ヶ池っていう底なし沼があるんだけどよ。そのほとりで操縦してたら、石につまずいてな。本機は無事だったんだが、リモコンは沼に落っことしちまった。それ以来放ってある」

呪戸主任の意外な趣味とそそっかしさに、秀也は思わず吹き出してしまった。

「笑うんじゃねえ」

「すみません」

「ほら、仕事だ、仕事」

呪戸主任はノートパソコンを指差す。そこには、藤堂菫《とうどうすみれ》の写真付きのデータが映し出されていた。

5

日名田《ひなだ》ゆいは妖怪課のカウンターに頬杖《ほおづえ》をついて、ぼーっと考え事をしていた。

先日、黒乃森市長が市議会で辞意を表明し、九月に選挙が行われることになっている。黒乃森の後継としては、現在市長の仕事を代行している鮒見副市長が出馬することになっているけれど、大方の世論では朽方忍が当選すると目されていた。そうなるときっと、民間の妖怪退治が容認され、妖怪課はなくされてしまうのじゃないだろうか、とまことしやかに噂されているのだ。

ゆいの考え事はそれだけではなかった。宵原秀也のことだ。

――公務員が夢を見ない自治体に、住民を幸せにすることはできない。

彼が言ったこの言葉は、ゆいの公務員観を変えたばかりではなく、心まで虜《とりこ》にしてしまったのだった。ゆいは宵原に好意を持った。想いは伝えたものの、返事はない。彼は自治体アシスタント。半年ごとに勤め先を変えることを強いられているのだ。

このままいけば、彼は選挙後、朧月市を離れてしまう。きっとそれは公務員としての宵原秀也を成長させるのだろう。だけどそれはゆいと秀也の別れを意味している。そのうえ、妖怪課が解散させられることになれば……。

今ほど、自在に未来を見られたらと思うときはない。でも、ゆいの力は「件《くだん》」の力。

不慮の痛みを伴わないことには、未来を見ることはできないのだ。

「ゆいちゃん」

後ろで蛍火《ほたるび》課長が名を呼んだ。

「はい」

「明日《あした》の分の対応のスケジュール、ある？」

「ああ、ここに」

ゆいは目の前にあった書類の束を取り上げて、課長に渡す。

他の職員は皆、「外回り」と呼ばれる妖怪《ようかい》対応に出ている。地方紙の〈朧月タイムス〉では、朽方をもてはやす記事が連日掲載されている一方、妖怪課は役には立たないのではないかということまで書かれている。それなのに、日々の妖怪対応の仕事はまったく減ることがない。

「ゆいちゃん、今後のこと気にしてるんでしょ」

蛍火課長が言った。

「え、いや、そんなことは……」

「なるようにしかならないよ。われわれは、地方公務員だからね」

とそのとき、デスクの上の電話が鳴った。課長が受話器を取る。

「はいこちら、朧月市役所妖怪課です……おや、西越《とりごえ》人事課長……え、今日のお昼ですか。ええ、まあ……」

課長が応対しているそのとき、入り口の引き戸が開いた。

「すみません」

青いブラウスを着た、四十代半ばの女性だった。住民だ。仕事は仕事。しっかりしなきゃ。

「はい、こちらへどうぞ」

ゆいは笑顔を作り、彼女をカウンターの前へと導いた。

「妖怪対応の申請でしょうか？」

「はい」

元気がない。深刻な内容らしかった。

「ではまずここに、住所とお名前をお書きください」

書類とボールペンを差し出す。「申請者氏名」の欄に、中内《なかうち》香帆《かほ》という名前が書かれた。

背後では、課長が用件を終えて受話器を置いた。

「いったい、どんな妖怪ですか？」

「瞬入道です」

「え……」

思わず、課長のほうを振り返った。課長もその名に反応してこちらを見ている。

「それは、呪戸神社の裏の？」

課長は中内香帆に尋ねた。

「ええ。……正確には身内が、瞬入道のために動けないでいるのではないかという、予測なのですが……」

呪戸神社の裏山である肩傷山の中腹に、クロサン妖怪・瞬入道が出現したことは、先ほど、呪戸主任からの連絡でわかっていた。そのため主任は出勤せず、瞬入道を封じるための行動を起こしているところだ。なお、住民が瞬入道を見ることがないように、肩傷山が見渡せる位置は、七時前には立ち入り禁止の規制線が張られている。もともと住宅街から見渡せる山ではなく、出現したのが早朝であるため、住民の中に被害者がいることはないだろうと思われていた。

「いったい、ご身内のどなたが被害に遭われたんですか？」

「父です」

ゆいの質問にそう答えると、中内香帆は堰《せき》を切ったように話し始めた。

「今朝、父は五時半頃に起きて何やら籠《かご》を準備していたのです。どこへ行くのかと聞いたら、呪戸神社の裏のなんとかという池に行ってくると」

「憮悔ヶ池ですね」

蛍火課長が言った。

「ええ。そのほとりに、夏でも食用のキノコがたくさん生えているのだというのです。父は山歩きとキノコ狩りが趣味でして、呪戸神社ならば往復で二十分もかからないところにあるので、出勤前に少し行ってくると」

中内香帆はそこで顔を上げた。

「ところが、六時に家を出たあと、二時間経っても父は帰ってきませんでした。そのまま出勤してしまったのかと勤め先の会社にも電話してみたのですが、きていないとのことで。心配になって呪戸神社へ向かおうとしたら、道が途中から立ち入り禁止になっていて……」

そこで彼女は、偶然出会った顔見知りの老婆から、瞬入道のことを聞いたというのだ。

「ひょっとしたら父はキノコを狩っている最中に裏山を見上げ、瞬入道と瞬《まばた》きを共にしてしまったのではないかと。いてもたってもいられず、未確認のままこちらへ相談に来たのです」

「なるほど、そうでしたか。課長、どうします？」

ゆいは再び、課長を振り返る。

「とりあえず、呪戸主任に連絡を入れて」

「じゃあこの申請書は、受理ですね？」

「いいから。それ、やっとくから」

蛍火課長はゆいが手を伸ばそうとした受理ハンコを摑《つか》み、申請書の記入漏れがないかチェックを始めた。ゆいは、先ほど課長が置いたばかりの受話器を取り上げた。

6

呪戸主任が立ち上げたノートパソコンには、〈揺炎魔女計画〉に関する情報がびっしり収まっていた。最近朧月市に現れている、民間の妖怪退治会社である。

メンバーは三人。サロペットジーンズにピンク色の眼鏡をかけた、美玖《みく》という結界師の女性。チェック柄のシャツに緑色のベレー帽をかぶり、常にデジタルビデオカメラを回して一部始終を撮影し続けている、りんねという女性。そして、紫紺のワンピースに身を包んだ、端整ながら他を寄せ付けないような顔立ちのリーダー、藤堂菫。

三人の素性は謎だったが、つい最近、呪戸主任が藤堂には見覚えがあることに気づいていたのだ。

彼女は本名を木村厚子《きむらあつこ》といい、かつてこの呪戸神社で民間人を対象に行われた「妖怪封じの術を伝授する修行会」において、ただ一人最後まで脱落せずに残った人物だったのである。ところが、ついにライセンスを与えるというときになって、彼女は寝泊りしていた建物から姿を消し、行方不明になってしまった。

それから、〈揺炎魔女計画〉を結成して再びこの朧月に現れるまで、どこで何をしていたのかまったく不明のままである。修行を始めるときに自己申告していた住所も偽物であることがのちに判明している。

「俺はな、兄貴に頼んで、木村の足取りを追ってもらったんだ。そして、やつがついに、どこで妖怪退治の炎の術を習得したのかをつきとめた」

主任の兄である神官、呪戸恭兵《きょうへい》は、神官の知り合いを通じて情報を集め、市の外れの廃墟《はいきょ》集落の一角にある、みすぼらしい掘っ立て小屋にたどりついた。

「そこに、燃坊の力を持った老人が住んでいたらしい」

「もえぼう？」

秀也は訊《き》きかえす。

「条例指定妖怪、登録番号339だ」

タブレットPCを取り出し、『マユツバ帖《ちょう》 ver.4.0』でその妖怪を映し出して調べる。普通の坊主のような見た目だが、指先に炎が出ている。念じれば炎をたちどころに立てることのできる妖怪だと書かれている。その炎は水でも消えることはなく、強い妖気《ようき》を放つために他の妖怪にも嫌われているとのことだった。

「その老人は身寄りがなかったんだが、かつてボヤを起こしたときに周囲の住民から『燃坊おやじ』と疎まれ、人里離れたこの掘っ立て小屋で人々を恨みながら暮らしていたそうだ」

いくら朧月市とはいえ、やはり妖怪の力を持つ者は気味悪がられる。妖怪課のオフィスが市役所本庁舎内ではなく日当たりの悪いプレハブにあるのも、それが一因となっている。

「どうやら木村は姿を消してからすぐ、燃坊おやじのもとを訪れ、妖怪を燃やす炎の術を習得するために修行をしたらしいんだな。この話を聞いて、兄貴はその掘っ立て小屋に行って写真を撮ってきた」

呪戸主任はマウスを操作し、ある画像を映し出した。木の枝を組んで作った骨組みに、茣蓙《ござ》のようなものがかけられた、ほとんどぼろのような小屋だ。

「燃坊おやじはもう何年も前になくなっちまって、住んでいた小屋もこんな状態だ。だが、こんなもんが残されていた」

画面をスクロールする主任。すると、掘っ立て小屋の柱に、泥にまみれた一枚の赤い布が結ばれている画像が映し出された。

「スカーフ？」

「ああ。よく見てくれ」

拡大されるスカーフ。竜が飛翔《ひしょう》している姿をデザインした紋章が描かれている。どこかで見たことがある。……木村厚子の写真のセーラー服のスカーフだ。

「やつがここにいた証拠だよ」

「しかし彼女はいったいなぜ、こんな山奥を訪ねてまで妖怪《ようかい》退治の炎の技を習得しようとしたんでしょう？」

すると主任は、忌々しそうに舌打ちをした。

「大方、妖怪に個人的な恨みでもあるんだろうよ」

秀也は以前、歯医者の待合室で偶然藤堂菫に会ったときのことを思い出す。確かに彼女は、妖怪に対しては冷酷な感情を持っているようだった。

「ま、とにかく今は、瞬入道を封じることだけを最優先にしよう。夕方あたりには、この霊反鏡も、出来上がるだろうぜ」

そのときだった。呪戸主任の白装束の袖《そで》が、ヴーンと震えた。携帯電話だった。

「あれ、妖怪課からだ。……もしもし？」

呪戸主任はしばらく聞いていたが、

「なんだって⁉」

大声を出して、立ち上がった。

7

――ぬぬわんぬぼーん
気味の悪い声をあげ、長いものが頭上を飛んでいく。落ち武者のような悲壮な顔に、そうめんのような尾が数十メートルもついているだろうか。

「おい宵原、あんまり旅ノビルに気を取られてるんじゃないぞ」

呪戸主任が言った。

「す、すみません」

秀也は謝ったものの、すいすいと、器用に杉の間をすり抜けていく様子は、どうしても気になってしまう。

「ちゃんと持て。ただでさえ、山道、気をつけなきゃいけないんだから」

「はい」

秀也と呪戸主任の二人は、一人の男性を乗せた担架を運んで山道を登っているのだった。男性の名前は中内剛六。今朝方、娘に「憮悔ヶ池にキノコを採ってくる」と言い残して家を出て、こっそり呪戸神社の裏山へ入ったきり戻ってこなかった。娘の香帆により、市役所に申請がなされ、呪戸主任のところへ連絡が来たのだ。

憮悔ヶ池は肩傷山が一望できる場所である。瞬入道と瞬《まばた》きを合わせてしまった彼は、そのまま痺《しび》れてしまったのではないか。主任はそう推測して担架を用意した。そして、秀也も共に憮悔ヶ池まで降りた。

肩傷山の瞬入道のほうは見ないようにしながら、かなりの急勾配《きゅうこうばい》を経て、その池にたどりついた。紫色と赤茶色の混じったような、なんとも気味の悪いどろどろした池だ。ほとりには小さな稲荷《いなり》神社があった。

中内剛六と思《おぼ》しき男性はすぐに見つかった。瞬入道のほうを見上げるような恰好《かっこう》で背筋を伸ばして立ち、目を見開いたまま、細かく震えていたのだ。夜になれば自然に痺れは取れるらしいが、その間に心停止してしまわないとも限らない。体に負担をかけないように担架の上に寝かせ、ひもで固定し、神社に運ぶことにした。

そして今、秀也は主任と二人、担架を担いで急な山道を登っている最中なのだった。

「主任」

前のほうを担当している呪戸主任に、秀也は話しかけた。

「なんだよ」

重そうな声で主任は応じる。

「あの池も、黒乃森市長と関係があるんですか？」

「ああ？　どうしてだ？」

「だって、池のほとりに、お稲荷様の社があったじゃないですか」

「いや、あれはうちの先祖が作ったお稲荷様だ」

「お稲荷様って、勝手に作っていいんですか？」

「勝手にじゃねえよ。たしかなんかいわれがあったはずだが……あっ」

ずるっと呪戸主任は足を滑らせた。

「大丈夫ですか？」

「いたた……ちきしょう、こいつを踏んじまった」

山道の下草の上に、半透明の何かがずるると進んでいく。呪戸主任に踏まれたところはへこんでいたが、ぶよぶよとすぐに元に戻りそうだった。

「なんですか、これ？」

「ん？　なんだお前、初めてか。べたりのだよ」

「え、これが！」

秀也はこの状況で、人知れず感動していた。べたりの。それは朧月市に来て以来、折に触れて「夏になると出てくる」と聞かされてきた妖怪だった。こんな形をしていたのか。

「変なやつだな、ほら、行くぞ」

主任は再び、担架を取った。

8

ゆいは、ベッドに寝かされている中内剛六の様子を見ながら、足がすくむ思いになった。目を見開いて体を硬直させたまま、小刻みに震えているのだ。

香帆の付き添いとして病院に行くようにと、ゆいは蛍火課長に言われたのだった。

「日名田さん」

香帆が、ベッドのそばで心配そうに父の顔を見つめながら言った。

「父は本当に、大丈夫でしょうか？」

「ええ」

ゆいはなるべく、自分も戦慄《せんりつ》を覚えていることは悟られないように声色を作った。

「瞬入道とともに瞬きをしてしまった人は、夜になれば再び動くことができるようになるはずです」

「でもそれは、伝説ではないのですか？」

「いえ。十五年前にも一度出現したことがあるそうですが、そのときも亡くなった市民の方は一人もいないそうですよ」

淀《よど》みなく、答える。

「十五年前……」

彼女は肩を震わせ始めた。

「市役所は、きちんと妖怪を封じているのですか？　十五年前にもう少し念入りに封じておけば、父はこんなことにならなかったのでは？」

急な責め口調に、ゆいはたじろいでしまった。そのころまだ自分は子どもだった、という言い訳を公務員が口にすることは許されない。ただでさえ、妖怪課への風当たりは強くなっているのだ。

「どうも、すみません」

「いえ、こちらこそ」

香帆は気恥ずかしそうに目を伏せた。ゆいは話題を変えることにする。

「お父さまはいったいどうして、憮悔ヶ池周辺がキノコ狩りの穴場だと知っていたのでしょうか」

香帆は額にほつれた前髪をすくい上げると、「それは……」と答えた。

「昨日、バス停で知り合った女性に教わったのだそうです。父はよくポケット版のキノコの図鑑を読んでいまして。それで声をかけられたとか。ずいぶん若い人だったというようなことを言っていましたが」

若い女性？

……立ち入り禁止区域の憮悔ヶ池周辺に食用のキノコがたくさん生えていることを知っている若い女性？　なんだか、おかしい。

「日名田さん、どうかなさいましたか？」

「ああ、いえいえ」

考えすぎだろう。

「ちょっと暑いですね。クーラー、強くしましょうか」

ゆいは立ち上がり、壁に設置されている調節機に向かおうとした。足をベッドに引っ掛けてしまった。

「あっ」

床に転ぶ。とっさに手を付いたけれど、少しひねってしまった。

「いたっ！」

「大丈夫ですか？」

「ええ……」

キャスケットの下に隠している角がじんじん痛む。視界が歪《ゆが》んでいく。例の現象が起こる前兆だ。

やがてゆいの目の前の病室の壁は消え、二本の足が現れた。紐《ひも》で縛るタイプの革靴を履いている。そしてその紐どうしがめちゃめちゃに結ばれ……これじゃあ、歩くことができないと思っていたら、脇で、とんとん、ぴーひゅるると笛太鼓を鳴らして踊り狂う、手の四本ある小人が二人、見えた。

「宵原さん……」

「え、なんですか？」

ゆい自身の手が目の前に現れる。ハサミを持っている。それで革靴の紐を……。

「中内さん、すみません」

ゆいは立ち上がって香帆の顔を見た。

「私、行かなければなりません」

頭を下げ、すぐに病室を出た。

「わっ！」

ワゴンと衝突した。ピンセット、綿棒、脱脂綿、おしぼり、注射器、その他医療器具があたりに散らばる。ゆいは廊下に仰向《あおむ》けになって頭を打ち……再び、視界が歪んでいくのを感じた。

9

青い液体から鏡を引き上げ、壁に立てかけてタオルで拭《ふ》き取る。ただの姿見だが、たしかにどこか神々しいものを感じる。

「これで八枚全部だな」

呪戸主任が言った。

八枚の姿見を並べ、瞬入道の気を引く。うまいこと瞬入道がこの鏡を見つけ、鏡の中の目と瞬《まばた》きを合わせてしまったとき、瞬入道はショックでしぼんでいってしまうのだという。十五年前はこうして小さくなった瞬入道を壺《つぼ》に閉じ込め、洞窟《どうくつ》の中に放り込んで鉄板を打ち付け、御札を貼ったそうだ。

「これ、どこに並べるんですか？」

秀也は尋ねた。

「さっきの、憮悔ヶ池だよ」

「え、あそこまで運ぶんですか？」

「ああ。あそこが一番目立ちやすいからな。現に一人、あそこで被害に遭っているわけだし」

先ほどこの本殿から救急車で病院に運ばれた中内剛六のことだ。付き添いとして病院に居る日名田から、命に別状がなさそうだという連絡が入った。ひとまず安心し、秀也と主任はここ一時間半ほど、霊反鏡作りに勤《いそ》しんでいるのだった。

しかしこのあとまたあの急斜面を降りなければならないとは。鏡は一枚二メートルくらいの大きさがある。一度に一枚しか運べないので、すべて運ぶには八往復かかることになる。

現在時刻は一時。作業が終わって、瞬入道を封じることができるのは何時になるだろう。

「とにかく午後、兄貴が帰ってきてからだ」

呪戸主任はそう言った。

「宵原。下で飯でも食っておこう」

「僕も、いいんですか？」

「ああ、どうせ弁当なんか持ってきてないだろ。ま、冷凍食品しかないと思うけどな」

と、主任が言ったそのときだった。

――ごうぅぅっ。

どこかからものすごい音がした。

「なんだなんだ？」

主任が窓を開ける。山のふもとで紺色の火柱が上がっていた。

「危ない！」

秀也はとっさに目を伏せた。火柱につられ、思わず瞬入道のほうを見てしまうところだったのだ。しかし、あの火柱が立っている位置……少し見ただけなのではっきりしたことは言えないけれど、下の撫悔ヶ池じゃないだろうか。

「ちくしょう！」

主任がそう言った理由は、秀也にもすぐにわかった。

紺色の火。すなわち、〈揺炎魔女計画〉の藤堂菫が、あの池のほとりにいるということだ。あそこには旅ノビルなど、たくさんの妖怪《ようかい》が生息している。まさか彼女たちは、無差別にこの山の妖怪たちを退治しようとしているのではないだろうか。

「あいつら！」

主任は怒りの声を上げると、すぐさま本殿を飛び出した。

「主任！」

秀也は追いかけようとしたが、

「お前はここで、兄貴が帰ってくるのを待ってろ！」

「でも」

「上司の指示には必ず従う。それが公務員だろう」

押さえられるように、秀也は座布団の上に腰を下ろした。

＊

一人取り残されると、本殿は何とも不気味だった。夏だというのにやけに涼しい。主任のお兄さんはいつ頃帰ってくるのか。この薄暗い空間で、いつまで一人で待っていなければならないのか。

何かのにおいが、秀也の鼻を突いた。

これは……この、何か甘いものが焦げるようなにおいは……。

「ふくしゅうだよ」

空虚な声が聞こえる。背後だ。しかし、この本殿には秀也一人しかいないはず。

「ふくしゅうなんだ」「ふくしゅうだよ」

あたりを見回す。

壁に立てかけられた、八枚の大きな鏡。

秀也を囲むように、八つの秀也自身の像がある。

しかし……その目がすべて、虚《うつ》ろだ。

突然、秀也の体は何かに拘束されたように動かなくなった。鼻孔には相変わらず、何かが焦げたようなにおいが入り込んでくる。

「とうどう」「すみれの」「ふくしゅうだよ」

しゃべっているのは、鏡の中の秀也だった。しかも、八枚の鏡に映し出された秀也が、それぞれ少しずつしゃべるのだった。秀也は以前に一度、似たような目に遭ったことがある。これは、鏡の中を自由に動き回る妖怪、「鏡獺《きょうだつ》」なのだ。この妖怪は突如現れ、〝お告げ〟をする。

「このまま」「ここにいる」「つもりかい」

「しゅにんを」「たすけに」「いかないと」

しかし……主任に、待っているように言われたし。

「いわれた」「ことしか」「しないのか」

自分は、この市に派遣された自治体アシスタント。公務員は指示系統を守らなければいけない。仕事を円滑に進めるために。

「とうどう」「すみれの」「ふくしゅうなんだ」

復讐《ふくしゅう》？　どういうことだ？

「しごとを」「するのは」「なんのため」

鏡獺は秀也の疑問に答えることもなく、そんなことを聞いてきた。

それは……人のため。地方自治体の住民のためだ。

「ともに」「すごす」「ひとのため」

そう。同じ地域に暮らす人びとが幸せでいられるため、公的な仕事をする。それが公務員だ。

「なかまを」「まもれない」「にんげんが」

「ひとびとを」「まもれる」「ものか」

なんだって？

「しゅにんの」「みが」「あぶないよ」

主任の身が、危ない……だとしたらやはり、自分が主任を助けなければ。

「はやく」「いって」「あげなよ」

「はやく」「はやく」「はやく」

そして八人の鏡の中の秀也は、同時にかっと目を見開いた。


「いけよ！」


ふっと気が付いた。

やはり、行かないで……そう思いながら、腰を上げ、靴を履き、懺悔ヶ池に向かって走り出す……はずだった。

秀也は足元がもつれてすっころび、砂利の上に肩から落ちた。

「いてっ！」

同時に、とんとん、ぴゅーひゅるる、とんとん、という笛太鼓の音が聞こえた。

転んでいる秀也の目の前で、手の六本生えた小人の二人組が、楽しそうに踊っている。

何が起こったのかわかっていた。妖怪・結人《むすびと》だ。秀也に取り憑《つ》いており、隙があると紐《ひも》状のものを結んでお祭りをするのだ。

「もう、こんなときに……」

秀也はめちゃくちゃに結ばれた靴紐を解きはじめた。どうもこの結びめには慣れない。

——**いけよ！**

鏡獺の叫びが頭の中にこだまする。

とそのとき、

「宵原さーん」

息を切らせながら石段を登ってきた影があった。チェックの柄のキャスケット、白いブラウスにプリーツスカート。日名田ゆいだった。手には鋏《はさみ》を握っている。

「日名田さん！　病院にいたんじゃ……」

「いろいろあって、こっちに来ました！」

彼女は、ハサミを持っていた。息を切らせながら、秀也のそばにかがみこむ。そして秀也の靴紐をちょん切った。結人たちはそれを見るや否や踊りをやめ、残念そうな顔をして茂みの中へ消えていった。

「僕も、ハサミを持ち歩かなきゃいけませんね」

秀也が照れながら言うと、日名田はくりくりした目で秀也の顔を覗《のぞ》き込み、首を傾げた。

「紐のない靴にすればいいいんじゃないですか？」

そりゃそうだ……。

「ところで、主任は？」

「ああ、そうだ！」

秀也は靴を履き直し、下山道入り口のほうへと走った。

10

日名田ゆいとともに山道を駆け下り、憮悔ヶ池に到着すると、ぬらぬらしたその池の中心に、一艘《そう》のボートが浮いていた。岸からは二十メートルもあろうかという距離だ。

そしてその上には、四人の人影。

「誰か来ましたー」

デジタルビデオカメラをこちらに向けている、緑色のチェックのシャツの女性が言った。距離をものともせず、はっきりと声は聞こえてくる。

「市役所の人のようでーす」

〈揺炎魔女計画〉——そして、彼女たちに肩を押さえられているのは、白装束の呪戸主任だった。

「やあ宵原さん。またお会いしましたね」

紫紺のワンピースを着た、長い髪の女性が言った。藤堂菫だ。

彼女たちに支えられている呪戸主任は、なにも言わない。それどころか、目を見開いたままだ。

「宵原さん」

日名田の声は震えていた。

「あれ、中内さんと同じじゃないですか?」

たしかに。呪戸主任は、直立不動のまま、腕と足がぴくぴくと震えている。……瞬入道と、瞬《まばた》きを同時にしてしまったのか。

「藤堂さん、まさか、あなたたちが?」

「中内さんってえ」

サロペットジーンズの彼女がマシュマロを放り投げ、口に入れる。

「美玖がこの池の周りがキノコ狩りの穴場だって、昨日教えてあげたおじさんだよね」

彼女は無邪気に笑った。

「美玖、今朝からあの木の陰で見てたんだけど、見事に瞬入道と目が合って、痺《しび》れてたよね。そのあと呪戸さんと宵原さんがやってきて、運んでくれるまで痙攣《けいれん》してた」

彼女は、ずっと見ていたのだ。

「どうして?」

「呪戸さんをここへおびき寄せるためでーす」

デジタルビデオカメラを回しながらりんねが言った。

「ところが、中内さんを助けに来るのが意外と早く、藤堂さんが肩傷山からまだこっちに到着していなかったのでーす。それでもう一度呪戸さんをおびき寄せるため、藤堂さんが火柱を立てたのでーす」

藤堂は何も言わず、薄笑いを浮かべている。呪戸主任は先ほどここへやってきて、そして瞬入道に無理やり目を合わせられたのだ。

「あなたは」

秀也は藤堂に話しかけた。

「主任に、個人的な恨みでもあるのですか？」

「その通り。今回のことは、彼に対する復讐です」

復讐。鏡獺の「お告げ」はやはり当たっていた。藤堂の前には震えている呪戸主任。しかし、わからない。なぜ彼女が、呪戸主任に復讐をしなければならないのか……？

「市役所の人たち、きょとんとしてまーす」

りんねがアナウンスをした。

「宵原さん。聞いてくれますか」

ボートの上の藤堂は、視線を宵原のほうへと移した。

「私の半生を」

そして彼女は、語りはじめた。

＊

「私は朧月市の平均的な家庭に生まれました。父も母も一生懸命働き、私が高校生の頃、猫狂町《ねこぐるいまち》にマイホームを購入したのです」

　朧月市内の住宅街である。

「私はもちろん喜びました。将来は人の役に立つ、介護の仕事をしようと思っており、勉強に身を入れようと考えていました。ところが、引っ越してからわずか一週間後、付近でトラックが事故を起こし、封印塚を壊してしまったのですよ」

「封印塚？」

「ええ。ぼこし指《ゆび》の」

　よくわからなかったので日名田の顔を見ると、彼女はしっかりタブレットPCを持ってきていて、『マユツバ帖《ちょう》』のその妖怪《ようかい》の項目を映し出した。

　十尺（約三メートル）ほどの大きさの、太くて黒い親指の形をした妖怪だということだった。クロイチである。

「ぼこし指は私たちの家の外に現れ、周囲を回りながら親指の腹で壁や窓を押していったのです。壊れるほどの強さではないにせよ、ぎしぎしと立てられる音で眠れませんでした。父は市役所の妖怪課に出向き、何とかして欲しいと申請をしたのです。しかし、調査までには一週間かかると言われました」

その間、ぼこし指は毎晩現れ、藤堂の家の壁や窓をぎしぎしと押し続けた。朝になると、窓には大きな指紋が残されていた。母親はすっかりノイローゼになり、父親も会社を休みがちになった。

「ところが一週間経っても、妖怪課の職員は対応に来てくれません。そのとき、肩傷山にあれが出ていたために」

藤堂は瞬入道を指差す。

「電話をして対応を頼んだところ、クロサン妖怪のほうが緊急なのでクロイチのあなた方は我慢してくれと。……我慢できなくなった母親は家を出ていきました」

そしてそのまま、藤堂の両親は離婚したのだという。父親も仕事に行かなくなり、家の中は荒れ放題。藤堂はすさんでしまった。

「私は妖怪と、妖怪課を憎みました。呪戸神社で行われた封印の研修で技を会得しただけでは満足できなかった。生ぬるいのです。私は研修の最終日に神社を無断であとにし、燃坊おやじを訪ね新たな修行を始め、炎の扱い方を身につけました。その後、同じく妖怪によって人生を狂わされたこの二人と出会い、〈揺炎魔女計画〉を結成したのです」

美玖とりんねが軽く手を挙げた。

「だいたい、朧月市にだけ妖怪が封じられているということの現状がおかしいのです。戦後何十年も経つのに、どうして朧月市民だけが、いまだにＧＨＱの政策の名残を受けて妖怪に悩まされなければならないのですか。民間の妖怪退治を、市役所は認めるべきです。朽方さんの市長就任の邪魔は、させません」

「あなたの言いたいことはわかりました」

秀也は藤堂の話を遮った。

「しかしそれは、市政への恨みにはなっても、呪戸主任個人への恨みにはならないはずです」

藤堂はゆっくりと首を振った。

「十五年前、瞬入道のためだと言って、電話の向こうでぼこし指の対応を拒んだ妖怪課の職員、それが彼なのです」

なんだって……。呪戸主任に真偽を聞くことはできない。彼は今、瞬入道のほうを見てただ痙攣しているだけなのだから。

「彼自身にさっき聞いたら、すっかり忘れていましたよ。行政とはそんなものなのですか？　公務員とは機械なのですか？」

冷淡に、しかし寂しく笑う藤堂。そしてその両手を、呪戸主任の肩に載せた。

「やめてください！」

秀也は叫ぶ。藤堂は首を振った。

「妖怪課の中心である彼がいなくなれば、ますます妖怪課存続の必要性はなくなるでしょうね」

「やめろっ！」

藤堂は、呪戸主任の体を突き飛ばした。

びちゃりと、呪戸主任は池に落ちる。おどろおどろしい色の沼に、波紋が広がっていく。

「主任！」

無抵抗の呪戸主任の体は、ずぶずぶと底なしの憮悔ヶ池に沈んでいく……。

「それでは、ごきげんよう」

藤堂菫の挨拶《あいさつ》とともに、ボートはすすすと水面を滑り、秀也と日名田のいる反対側の岸へと進んでいった。主任の体はすでに、胸のあたりまで浸《つ》かっていた。

11

「主任！」

秀也は、池の中に足を入れた。ずぶずぶと飲み込まれていく。本当に底なしなのかもしれない。

「ダメです、宵原さん！」

日名田がその体にしがみついてきた。

でも、いかなければ……また足を出すが、進めるような気はしない。気味の悪い泥がまとわりついてくる。泳げるようなものでもない。

体が硬直したまま痙攣している主任はすでに、肩の位置まで沈んでいる。だがあそこまでは岸から十五メートル以上はある。

主任を助けることはできないのか。このまま主任の体が沈んでいくのを、ただ見ているることしかできないというのか……。

冷淡な顔を見せた〈揺炎魔女計画〉の三人はすでに向こう岸に到達し、沈みゆく主任を見ている。デジタルビデオカメラのりんねも、主任と秀也たちを交互に撮影しているようだった。彼女たちのことより、今は主任を助けることを考えなければ。

「宵原さん！」

日名田に全身を引っ張られて岸に引き上げられた秀也は、絶望のあまり、膝《ひざ》をついた。

「これ」

その秀也の顔の前に、日名田があるものを突き出した。

「……おしぼり？」

「病院から持ってきました」

こんな状況で、汚れてしまった足でも拭《ふ》けと言うのだろうか……。しかし日名田は確信を宿らせた目で、ある方向を見た。その視線の先には——古びた稲荷《いなり》の社があった。

「あっ！」

日名田の顔を見ると、彼女はうなずいた。

そうか。……なんて頼りになるのだろう。秀也は受け取ったおしぼりで、顔を拭いた。呪文が、消えていく。

「ひゃひゃひゃひゃ……」

すぐにあの薄気味悪い声が聞こえてきた。

「ずっと見てましたよ。大変な状況じゃないですか。ひゃひゃひゃひゃ……」

こうしている間にも、主任の体は沈んでいく。

「長屋歪！　あの社を……」

「わかってますよ。このような間取りになっています」

長屋歪の持っているパネルには、稲荷の社の間取りが書かれていた。秀也は勢いよく立ち上がり、社へと走る。呪戸主任は顎《あご》のあたりまで沈んでいる。急げ、急げ！

「そうですねえ。ここから桟橋なんか、伸ばしてみるとか。ひゃひゃ」

長屋歪はパネルの中の社の間取りに桟橋を付け足した。とたんに、目の前の社から桟橋が伸び、腐ったような憮悔ヶ池の上にぐいーんと伸びる。呪戸主任の頭のすぐ脇を通っていた。

「ひゃひゃひゃひゃ……うまい具合にいきましたね」

長屋歪。建物の間取りを自在に変える妖怪。たとえ稲荷の社とはいえ、この妖怪にかかれば命の橋になりうるのだ。

「ありがとう！」

秀也は伸びた桟橋に足をかけ、一気に走って呪戸主任の元まで行く。見開かれた目。痙攣《けいれん》を続ける頬。口の中に泥が入ってしまっている。

「主任、頑張ってください！」

秀也はその頭を掴《つか》み、思い切り引っ張った。肩まで水面上に出てきたが、一人では引き上げることはできない……。

「宵原さん」

いつのまにか、日名田も近くまで来ていた。

「私も手伝います」

キャスケットを傍らに置くと、日名田もその気味の悪い泥の中に手をいれ、主任の腕を摑んだ。

「せーのっ！」

二人で引っ張る。主任の体は上がってきた。秀也は腰の帯を摑む。

「もう一度、せーのっ！」

抜けるような音とともに呪戸主任の体は上がってきた。必死の思いでその体を抱え、桟橋に上げた。

「ひゃひゃひゃひゃ、お見事」

長屋歪が手を叩《たた》いて笑っている。

「しかしほんとに、妖怪《ようかい》使いが荒いですねえ」

汗と泥にまみれながら、秀也は向こう岸に目をやった。

三人の魔女たちは悔しそうな様子もなく、こちらをガラス玉のような目で見ていた。

「宵原さん」

藤堂の声が、すぐ近くで聞こえた気がした。

「これで終わりではありませんよ」

三人は、森の中へ消えていった。

12

「いやあ、大変だったね」

妖怪課のプレハブに帰ってくると、蛍火課長は頭を振りながら作業着の上着を脱いだ。ワイシャツはびっしょりである。秀也も上着を脱ぐと、同じくシャツが汗で濡《ぬ》れていた。

壁の時計を見ると、午後九時を指している。こんなに時間がかかったのか。

赤沢《あかざわ》、氷室《ひむろ》、鎌首《かまくび》、日名田の四人は帰ることなく、待っていてくれた。

「おつかれさまでした」

日名田が二人の前にお茶を運んできたが、とにかく着替えが先だ。秀也は課長とともに控え室の中に入った。

しびれの回復しない呪戸主任は病院に運ばれていった。命に別状はないが、数日は安静にしていなければならないと言われてしまった。

大変なのは主任以外の六人総出で行った瞬入道封じだった。

市役所から駆けつけた蛍火課長、外回り先から駆けつけた氷室、赤沢、鎌首と、秀也に日名田の六人総出で、二メートルの大きさの霊反鏡を憮悔ヶ池のほとりまで運び終えたのは、夕方の六時半のことだった。大声を出して瞬入道の気を引き、鏡を覗《のぞ》かせた。視線と瞬きは跳ね返り、瞬入道はしゅるしゅると小さくなっていったのだ。

その後、肩傷山まで足を運び、懐中電灯を携えて登山道を登り始めたのが午後七時。しかし、日名田、氷室、赤沢、鎌首と、相次いで頭痛を訴え出したのだ。秀也はさすがに小夜仙の夜の帳《とばり》に守られているだけのことはあり、頭痛は起こらず、蛍火課長も大丈夫のようだった。

四人を先に帰して二人で瞬入道の封印塚の近くまで達すると、キノコほどの大きさになった瞬入道が体を左右に揺らせていた。慎重につかみとり、封じて、プレハブに戻ってきたというわけだ。

着替えを終えて物置から出て一息つく。

「しかし、〈揺炎魔女計画〉のやつら」

手袋を嵌《は》めたままの手の親指をくるくるとさせながら、氷室が言った。

「昼間に出てきましたね」

たしかに、これまでは夜にことを起こすことが多かった彼女たちだが、作戦を変えてきたのだろうか。

「最近は夜の件も減ってるし、宵原を昼間に戻したほうがいいんじゃないですか、課長」

鎌首が言うと、後ろで赤沢がへっ、と笑った。

「昼間に戻すっていったって、あと二ヶ月も経たないうちに、こいつはこの市を離れてしまうんだろう？　俺たちが課の存続についてやきもきしてるっていうのに、いい気なもんだぜ」

「そんな言い方は」

と日名田が止めようとした。

「それについてなんだけどね」

蛍火課長が手を挙げて、割り込む。

「話の流れだから、今言ってしまうけれど」

「いったいなんですか、課長？」

鎌首が尋ねる。

「実は今日、西越人事課長に呼び出されて聞いたんだけど、宵原くんがもう少しこの市で働けるかも知れないんだ」

「えっ？」

一同は声を上げ、秀也の顔に注目した。秀也も、初耳の話だ。

「なんでも、中央のほうで自治体アシスタント制度の見直しがあったらしくて」

半年だけ受け入れてすぐに戻すというのは、いくらなんでも仕事内容を把握できずに終わってしまうと、あちこちの自治体から文句が出始めたのだった。また、半年の勤務を終えた自治体アシスタントは次の受け入れ先が決まるまではまた宙ぶらりんの状態になってしまう。そこで、自治体と自治体アシスタント本人の希望が揃えば、もう半年は同じ自治体にいることが可能であると、急遽《きゅうきょ》制度が変更になったのだそうだ。

「まったく見切り発車でこんな制度を作るからだぜ」

赤沢が毒づく。

「というわけでまあ、宵原くんの選択次第なんだけど。どうする？」

「どうする、って言ったって、次期出向先希望の書類、もう送ってしまいましたよ」

「ああ、それも制度変更と行き違いだから、ギリギリまで考えていいらしい」

「そうなんですか」

秀也は日名田の顔を見た。意外さの中に嬉《うれ》しさを含んだような、潤んだ目をしていた。

もう少しこの市で公務員として働くことも可能……果たして、この運命は自分に何を選択させようとしているのだろう。

第二章　フランケンシアター、ただばしりひた走りの件

――ただばしり（朧月市条例指定妖怪　登録番号285）

大きな家屋に棲《す》みつく妖怪。男性の脚の太ももから下、という形で現れる。家屋系の妖怪の中では珍しく、新しい建物を好む。時間には驚く程正確で、毎日二度、ほぼ同じ時刻に現れ、数十秒から数分、暴れまわって壁の中に消える。

江戸時代はよく江戸の芝居小屋に出現したが、維新後、都会がいづらくなったのか、北関東のほうへ出現場所が移動した。以下に記すのも明治時代、北関東にあったとある官営工場の工員たちの宿舎での話である。

早朝、工員たちがベッドで寝ていると、突然「うやあ」なる叫び声が聞こえてきた。同時に、壁から足が出てきてそこらじゅうを走り回る。不思議なことに足から上は雲のようになっていて実体が見えない。作業員たちは慌ててそれを捕まえようと試みるも、すばしこくて触れることすらできない。「うやあ」という叫び声はやまず、また走り回るたびに床を踏み鳴らす足はどたどたとうるさい音を立てる。そうしてしばらく走り回

ったかと思うと、壁に溶けるように消えていった。一時間ほどして、同じ現象が起きた。それ以降毎日二度、ほぼ同じ時刻に足は現れて走り回り、一分か二分ほど建物内を走り回って消えた。うるさく、ものを倒したり、工員を踏みつけて怪我をさせたりという実害がではじめたので、責任者は中央政府の役人に報告した。ひと月ほど後、この工場は廃されてしまった。

人が去ったあとも寮の建物内で同じような怪異が起こり続けたのかどうかは、誰も知らない。

（出典：小鴨仁一《こがもじんいち》『異聞街道を行く　上越・北関東』）

1

「しらばっくれないでよ！」

舞台の上では、若い女優が姉役の女優に向かって摑《つか》みかかるところだった。

「なんのことかしら」

「あなたが盗んだのよ」

「知らないわ」

「姉さんはいつもそう。私の持っているものはなんでも欲しがるのだわ。宝石も、服も、そして光男《みつお》だって！」

声を張り上げるだけの、安い芝居だ。かつては市内随一と言われた劇団〈ポワレ・ド・コロポックル〉も落ちたものだ。空席の目立つ観客席からもそれがわかる。

ふーう、と小さく息を吐きながら両手を上に伸ばす。最後列の一番端の席だから、背後の観客に気を使うこともない。

「こらっ、何をしているんだ」

上手袖《そで》より、伯爵登場。以前も見た若い俳優だが、どうもサ行の発音が苦手なようでセリフが聞き取りづらい。

この劇団もそろそろ終わりか。……そして、この劇場も。

どうせ潰《つぶ》れてしまう劇場ならば、その前に利用しても構わないだろう。

腕時計を見る。四時三分。まだだろうか。

いざ本番となると緊張する。役者たちは毎日、幕が上がる直前にはこんな心持ちになるものだろうか。

「だいたいあなたも何よ！」

「よしなさい、二人とも！」

伯爵役の俳優が止めにかかった、そのときだった。

ばたん、と、客席中央後方の扉が蹴破《けやぶ》られるように開かれた。きたか。

――うやあ！

芝居を止めるような大声が響く。観客たちが一斉に振り向く。いや、客だけではない。舞台上の俳優たちもそろってその声の方を見た。

――うやあ！

もう一度声がすると、どたどたと、それは客席の間を走っていく。

足だった。

その上は見えない。ただ、二本の足だけが猛烈な勢いで、客席の傾斜を駆け下りていく。足はあっという間に舞台にたどり着くと、どたんと舞台にぶつかり、上手のほうへ方向転換、そのまま階段を使って舞台に駆け上った。

「きゃあっ！」

姉役の女優が叫んだ。芝居ではない、生の悲鳴だった。狼狽《ろうばい》が観客席に伝播《でんぱ》する。観客たちもざわめきだす。

――うやあ！

足は舞台の上を自由に走り回り、がこんがこんと大道具のテーブルや椅子を蹴散《けち》らし、挙句の果てに舞台後方の書き割りを蹴飛《けと》ばし、倒してしまった。

「これはどういうことだ？」

若い俳優が声を張り上げた。

「大道具！」「ねえ、三浦《みうら》さん、どうするの？」「大道具！」「だめだって」「こら、お前、電気を付けろ」「おい、大道具！」

舞台袖からさまざまな怒声が聞こえる。

「大道具じゃ話にならん、支配人を呼べっ！」

——うやあ、うやあ、うやあ！

役者の混乱はさらに加速している。妹役の女優は呆然《ぼうぜん》としたまま、なすすべもなく立ち尽くしているだけだ。芝居は壊れ、緞帳《どんちょう》が下りてきた。

……これで、よし。

席を立ち、混沌《こんとん》の観客席を後にした。

2

秀也の前には白いご飯が盛り付けられた茶碗《ちゃわん》がある。皿には、ミートボールとポテトサラダ。お椀《わん》の中には、豚汁。豚肉はもちろんのこと、大根、人参、ごぼう、こんにゃく……美味《うま》そうだし、栄養価も高そうだ。

「張り切っちゃいました」

座り込んでエプロンを畳んだのは、日名田ゆいだ。

夜シフトがなくなり、再び昼間の勤務に戻されてしばらく経つ。八月も半ばを過ぎ、日中の外での妖怪《ようかい》対応はかなりの体力をそがれる。今日も午後はまるまる、肘釘打町《ひじくぎうち》の畑に出た「土海豹《つちあざらし》」という妖怪の対応で土と汗まみれになってしまった。そんな中、今日の勤務を終えたとき、日名田が「おうちに行ってもいいですか？」と声をかけてきたのだった。夕食を作ってくれるというのだった。

二人で連れ立って買い出しをし、〈すこやか荘〉の201号室に戻ってきた。秀也が風呂《ふろ》に入っている間、日名田は夕食を作ってくれたのだ。

「夏バテしないように、栄養つけなきゃですよ」

「はい」

秀也はうなずく。

この市にやってきてから、もうすぐ五ヶ月が経とうとしている。なれない一人暮らしでは、自炊をすることなどほとんどない。日名田の手料理は素直に嬉《うれ》しかった。

「でも……」

と秀也は、傍らに目をやった。

「なんでお前まで一緒なんだよ」

「ひゃひゃひゃ、いいじゃないですか」

黒目のない目。一本かけた前歯。……長屋歪がちゃっかり、お椀を手にしているのだった。

「夕飯は人数が多い方がたのしいでしょう。ねえ、ヒナダさん」

「はい」

日名田ゆいも別に嫌そうな様子もなく、長屋歪の前にたくあんを置いた。

ひゃひゃひゃ……と笑いながらそれをつまむ長屋歪。秀也はその姿を見て、どこか心が和むのを感じた。

この妖怪には普段からいろいろ悩まされ続けている。しかしながら、風呂を広くしてくれるということもあるし、たしかにこうして家族のように食卓を囲んで食事をするのも悪くない。

「いただきます」

秀也は豚汁を一口、すすった。

「うまい！」

思った以上に美味かった。

「それにしてもお二人」

長屋歪が口を開く。

「大変なことになりましたねえ」

「何がだよ」

「またまた。今朝の新聞の見出しですよ」

「ああ……」

この妖怪は、秀也の顔の呪文によって封じられているとき、姿を現すことはできないが秀也の周りに起こっていることは見ることができる。「大変なこと」というのは、九月に控えている市長選に向けて、朽方が打ち出したマニフェストのことに違いなかった。

＊

今朝、妖怪課のプレハブに職員たちが集まり、勤務開始の九時までの時間を潰しているときのことだった。

「本当にやってくるとはね」

口をポリポリと動かしながら忌々しげにつぶやいたのは、鎌首玲子《れいこ》だった。そばに置かれているタッパーに入っているのは、無数のカナブン。蛇女の力を持つ彼女は、ダイエット中といいながら妖怪課のプレハブにいるときは一日中カナブンを食べているのだ。

「僕たち、どうなるんでしょうか……」

大柄な氷室が弱気な声を出した。

——朽方候補、マニフェストを打ち出す。

朧月タイムスの見出しにはそうあった。

朽方の市役所再編計画。その中に、さらりと妖怪課の解散について書かれているのだ。朽方が市長に当選すれば、この課は正式に無くされることになる。執行機関の指先ひとつでどうにもなってしまうのは市役所職員の宿命だとは言っても、やはり、納得できないところがある。

「ちきしょう！　〈揺炎魔女計画《フレアウイッチ・プロジェクト》〉とつるみやがって！」

呪戸主任は悔しそうにカウンターを叩《たた》いた。

「あいつらをこれ以上、のさばらせるのか」

瞬入道の事件から二週間以上が経過したが、憮悔ヶ池に沈まされかけたことを、主任は根に持っているのだ。

その後も〈揺炎魔女計画〉はあちこちに現れ、妖怪を退治して回っている。秀也もその他の職員たちも対応に困り、なすすべもない状態なのだった。

「あいつら、なんらかの条例違反をしている現場を押さえて、この市から追い出してやる！」

「市民である彼女たちを、公務員が追い出すことなんてできないでしょ」

蛍火課長が突き出た腹をさすりながら言った。

「頭を冷やしなさい、主任。……さあみんな、今日も、市民のために仕事、仕事」

ばちん、と、課長の頭上で蛍光灯が火花を発した。平静を装いながら、彼自身も苛立《いらだ》ちを隠せていない証拠だった。

＊

「まあ、なるようにしかならないですよ」

日名田ゆいは意外とあっけらかんとしていた。

「ヒナダさん、いいんですか、それで」

「はい。どっちみち、私たちは公務員。別の部署に飛ばされることになっても、そこで働き続けるだけです。ね、宵原さん」

「あ、ああ、はい」

日名田の笑顔に押され、秀也はうなずいた。

「それに、宵原さんももう少し、この市にいられることになったわけだし」

しばらく、沈黙した。日名田がたくあんをぽりぽりとかじる音だけが響く。

「あれ、ヨイハラさん、言わなくていいんですか？」

長屋歪が言った。……こいつ、余計なことを。

「なんですか？」

「いやね、ヨイハラさん、やっぱり九月にここを離れて、別のところへ行こうとしてるんですよ」

「えっ？」

「こらっ！」

秀也は怒鳴ったが、もう遅かった。

「宵原さん、どういうことですか？」

「ええと、実は……」

秀也はぽつりぽつりと話し出す。

——つい三日前、自治体アシスタント登録センターから、次の赴任先の通知が来たのだった。以前希望を出したのとは別の、S県内の自治体（市ではなく町）であった。希望が通らないことはよくあるとは聞いていたが、半年の勤務が終わったあと、しばらく仕事の依頼が来ないこともざらだとも聞いていたので、びっくりした。

特に断る理由がなければ、このまま承諾扱いとなる。

「朧月に残るっていうのは、断る理由にならないんですか？」

日名田ゆいが訊《き》いた。

「もちろん、なります。僕がそれを選択すれば」

「じゃあ……」

と、日名田は秀也の顔を見つめた。

「残ってくれないんですか」

秀也は返事をしなかった。正直、迷っているのだ。

「どうして。まだ〈揺炎魔女計画〉の活動は続いているし、今、宵原さんに去られたら……」

「それも、課長に相談したんですけれど」

自治体アシスタントの本来の目的は、半年ごとに日本のいろいろな自治体を見て回って成長することだから、いくら小夜仙のついている宵原くんだからといって、無理に引き止めるわけにはいかないよ。蛍火課長はそう言ったのだった。お父さんの遺志を継いで、本当に住民を幸せにできる公務員になりなさい、とも。

「そんな、じゃあ、じゃあ」

日名田は言いにくそうに目を伏せた。

ごうっ、と音がした。周囲を見ると、ちゃぶ台と秀也、それに日名田を残し、周りは白い壁になっていた。

「おい、長屋歪！」

「立て込んだ話でしょうから」

壁の向こうから、長屋歪の声が聞こえた。

「宵原さん、私のことはどうなるんですか？」

日名田の目は潤んでいた。

正直なところ、秀也は日名田ゆいに惹《ひ》かれはじめている。市役所職員の先輩として頼りにもなるし、夕飯を作ってくれるなど家庭的なところもある。それでいて高圧的ではなく柔らかい話口調であるところもいい。顔も秀也の好みだった。

だが、自分は自治体アシスタント。この朧月市に遊びに来ているわけではないのだ。ましてや恋愛などしている暇はない。

「すみません……」

秀也はそれだけ言った。

ゆいは茶碗《ちゃわん》と箸《はし》を置いて立ち上がると、壁を叩き始めた。

「長屋歪さん、ここにドアを」

「え？　しかし……」

「いいから！」

日名田の前の壁にドアができた。彼女はノブを握ってドアを開けると、何も言わずに出ていった。

「日名田さん」

秀也は慌ててあとを追ったが、真の２０１号室の玄関ドアも開け放たれ、日名田の姿はそこにもなかった。

背後のちゃぶ台の上に残された豚汁の椀《わん》からは、まだ白い湯気が立ち上っていた。

3

翌日、秀也は赤沢とともに、妖怪《ようかい》封じの申請があった現場へと向かっていた。車の運転は赤沢。秀也は助手席に乗っている。

窓外に流れるのは、夏の朧月の住宅街。道行く人は日傘などを差している。今日も暑い。

今朝、秀也はいつもどおり八時半に出勤した。すぐに日名田ゆいに昨夜の弁明をしようとしたのだが、彼女は来ていなかった。結局、鎌首が九時少し前に電話による遅刻連絡を受けた。そのまま外回りに出てきてしまったので、今日は会っていない。

　ここ数日、クロニ妖怪の被害申請が多くなっており、呪戸主任、鎌首、氷室はその対応に出ずっぱりだ。比較的穏やかな妖怪を任される秀也も、最近は忙しさを感じている。今日も午前中に一件、赤沢とともにクロイチ妖怪の対応を終え、そのまま食事をして、別の場所へ向かっているのだ。時刻はもう二時になろうとしていた。

「宵原」

　赤信号で止まると同時に、赤沢が訊いてきた。

「お前、ちゃんと今日行く場所について、頭の中に入れてきたんだろうな」

　秀也は思考を切り替え、資料の内容を思い出す。

「はい。たしか、市民劇場だったものが民間に払い下げられたんでしたよね」

　フランケンシアターはもともと、朧月に市制が施行されてからまもない頃、市が作った市民劇場だったそうだ。その後資金繰りがうまくいかなくなり、二十年前に民間に払い下げられることが決定した。落札したのは紀美野潤三《きみのじゅんぞう》という芸術好きの実業家で、外観やロビーをメタリック仕様に変え、モダンな劇場として再スタートを切った。

「それで、七年前に潤三さんが亡くなってからは、息子さんがオーナーを務めているとか」

　すると赤沢は舌打ちをした。

「そんな基本的なことじゃねえんだよ」

「え？」

「ちゃんと調べてないじゃねえか。お前、妖怪課で働き始めて何ヶ月だ」

もともと高慢ちきな態度だった彼だが、ここのところさらに、秀也に冷たい。秀也もその理由はなんとなくわかっていた。

再び、日名田ゆいのことである。

秀也が自治体アシスタントとして朧月市にやってきた四月、日名田ゆいはこの赤沢と交際していたのだ。ところが六月、日名田の心境に変化があり、赤沢は日名田に「距離を置きたい」と告げられてしまった。

最近、日名田ゆいと秀也が接近していることは、赤沢も知っているのだろう。

蛍火課長はこの内情を知っているのか知らないのか、秀也を赤沢と組ませることが多い。それで、こういう気まずい時間が生まれるのだ。

「いいか。フランケンシアターにはな、今日対応する〝ただばしり〟とは別に、妖怪が封じられてるんだよ」

信号が青に変わった。赤沢は乱暴にアクセルを踏んだ。

「封印物件っていうことですか？」

「ああ。しかもクロサンの」

建物の一階はロビーと劇場、二階・三階は楽屋と稽古場《けいこば》、物置などになっている。実は、市民劇場として作られた際、三階の北の外れの部屋に妖怪が封じられた（当時、家屋系の妖怪を市の施設に封じるということはけっこうあったらしい）。民間の施設になってからもその部屋だけはそのまま封印物件として使用されている（通常の部屋としては使用されていない）のだそうだ。

「民間の劇場にクロサンを？　危険じゃないですか」

「そうなんだけどな、クロサンを？　クロサンはクロサンでも、こっちからちょっかいを出さなきゃ大丈夫なやつなんだよ」

「いったいどんな妖怪ですか？」

「知らないなら余計なこと聞かなくていい。今回の事件には関係ないから、近づかなきゃ」

「でも」

「いいか、三階には行くな。……ほら、着くぞ」

赤沢は秀也の質問をうやむやにしてハンドルを右に切ると、車は、ところどころ雑草の生えた、砂利の駐車場へと入っていった。十台ほど停められるだろう。

目の前には大きな三階建ての建物があった。金属が貼られて光を反射させており、ところどころにネジやナットのオブジェが取り付けられている。看板には〈Franken Theater〉の文字。朧月市内にしてはアーティスティックな建物だ。

「あれ？」

すでに駐車場の隅に停められている車と、そのそばに佇《たたず》んでいる人物を見て、秀也は声を出した。

「あれ、骸山《むくろやま》の堀杉《ほりすぎ》支部長じゃないですか？」

「なに？」

赤沢は反応して、ハンドル操作を少し誤りそうになった。

車を停め、二人は外に出る。

「ワンさんじゃないですか」

赤沢は、その男性に向かって言った。秀也たちと同じ作業着姿の五十代後半の男性。痩《や》せていて、髪の毛は少し薄い。そして特徴的なのは、鼻に装着された紫色のプロテクターだった。

「あっちいな、残暑」

彼は挨拶《あいさつ》代わりに顔をしかめて、天の太陽を指さした。

堀杉椀吾郎《わんごろう》。朧月市の南部を管轄する妖怪課の支部「骸山支部」の支部長を務めている。夜シフトが敷かれていたころは、秀也も何度かともに妖怪対応にあたった。

「どうしてここに？」

「なんだかおたくの蛍火課長が電話かけてきてよ。フランケンシアターはクロサンの封印物件でもあるからさすがにお前ら二人だけじゃ心配だってよ。サポートしてくんねえかって」

堀杉は額の汗をぬぐった。

「へっへ。まあここんとこあちこち妖怪が現れてるけど、うちの管轄はだいぶ落ち着いてるっていうかな。それにここはおたくら本部より、管轄じゃないけど骸山支部のほうが近い。だから、来てやったのよ」

「そんな、いいのに……」

赤沢は不満げに言う。そして秀也のほうを振り返り、「ぼさっとしてんなよ、ネット出せよ」と命令した。秀也は言われるままに後部座席のドアを開け、妖気《ようき》ネットを取り出す。

「しかしなんだな、この季節になるとやっぱ、べたりの臭くてたまんねえな。これつけてても、ぷんぷんきやがる」

堀杉は鼻プロテクターを指ではじいた。彼は「狛鼻《こまはな》」という妖怪の力を持っており、通常の人間の二十倍の嗅覚《きゅうかく》を持っているのだ。プロテクターをつけていないと様々な臭いが感じられて、物事に集中できないのだという。

「べたりのに臭いなんてあります？」

「あるよ、魚の骨髄みてえなよ、ほら、もうそこにいるじゃねえか」

「え？」

堀杉が指差す。視線を移すと、乗ってきたセダンのボンネットに、日差しを反射させた透明のかたまりがずるずると這《は》い上がってくるところだった。

4

「あー、どうもー」

関係者入り口へ行くと、ずいぶん間延びした声で三人を出迎えた女性がいた。

「支配人の紀美野純奈《じゅんな》といいます」

目周りの化粧が濃く、日焼けもしている。一つにしばった髪の毛はところどころ茶色く、体にぴったりした赤いシャツと太ももまでの長さのジーンズ。年齢は二十代後半といったところだろう。朧月市には珍しい、派手な女性だった。

「あー、入ってください。ちょっと今、冷房切ってるんで、暑いかもしれないんですけどー」

彼女はくるりと背を向けると、中へ入っていった。

廊下の壁には、額に入れられた写真がずらりと飾られている。

「これー、今までこの劇場で公演をしてきた劇団です。私が撮ったんですよー」

紀美野は、聞いてもいないのに説明した。

「あの、支配人は紀美野潤三の息子さんだと伺っていたのですが」

赤沢がそう言うと、彼女は「あー……」と困ったようにつぶやいて立ち止まり、右手の人差し指ですぐ脇のドアを指した。〈オーナー室〉とある。金属製で、すりガラスがついている。中は見えないが、灯《あか》りがついているのはわかった。

「それは私の父の紀美野宏武《ひろむ》です。私はその娘」

「オーナーと支配人は違うんですか？」

「呼び名を分けてるんですよー。オーナーの父は経理と公演スケジュール管理を。支配人の私は専属スタッフをまとめたり、劇団員との実際の交渉をしたりという感じですかねー」

「はあ、なるほど」

劇場の経営というのは複雑な仕事だ。

紀美野純奈は軽くノックしてドアを少しだけ開けると、首を突っ込んだ。

「オーナー。市役所の人たち、来たから。……うん、うん」

相談しているようだが、部屋の中からの声は聞こえない。小さい声なのだろう。

「うん。それはわかってる。はーい」

赤沢が彼女の後ろに回り込んで隙間から中を覗《のぞ》こうとすると、ばたん、と紀美野はドアを閉めて赤沢を振り返った。無表情だった。

「あのー、お願いなんですけどー」

「は、はい」

赤沢は驚いていた。秀也も堀杉と顔を見合わせて首をかしげる。

「対応は私が全部やるんで、この部屋の中、覗かないでもらえますー？」

シャドウの濃い目で赤沢を見つめる紀美野。赤沢は怪訝《けげん》な表情でうなずいた。

「じゃあー、実際にあのときー、ただばしりに会った大道具たちの話、聞いてもらえますか？」

紀美野はこちらの返事も待たず、再び廊下を歩き始めた。

＊

「あの日、俺は上手の袖《そで》で暗転待ちしてたんですよ」

佐村《さむら》という名の、若い大道具係は興奮して、身振り手振りを交えて話しはじめた。

「そしたら突然、客席のほうで叫び声がしたんです。うやあ！」

急に出された大声に、秀也と赤沢はびくりとした。

「って」

けたけたと笑う佐村を、「佐村くん、ふざけないー」と、紀美野支配人はたしなめた。

秀也たちが連れられてやってきたのはロビーだった。壁は外観と同じくメタリックで、ところどころに演目のポスターが貼ってある。絨毯《じゅうたん》と休憩用の椅子は赤い色で統一されていた。

そこには劇場の専属大道具スタッフの二人が待っていた。一人は五十歳くらいの山口《やまぐち》という男で、蛍火課長に負けないくらい腹が突き出ている。もう一人が、この佐村という男だ。二人とも黒いタオルを頭に巻き、黒いシャツに黒いズボンを穿《は》いている。大道具の基本装備だそうだ。

劇場の専属スタッフというのはこの他には照明・音響効果担当の陣内《じんない》という男が一人いるだけだそうで、公演のときには劇団専属のスタッフと連携を取り合って段取りを進めていくとのことだった。

「でまあ、なんだなんだと思っていたら、二本の足がだだだーと走ってきて、ねえ、山口さん」

山口のほうは無口で、タオルの上から頭を掻《か》きながら、ひょこっと顎《あご》を前に出しただけだった。うなずいたらしい
「そいでそのまま舞台に上がってきて、俺の方に向かってきたもんだからびっくりしちゃってのけたんです。したら、俺の脇をだだーって走って、積んであった平台にどかん。そのまま方向転換して、控えの書き割りにばこん。袖をがが一って荒らし回って」

佐村はしゃべり続けた。

「で、もう一回舞台にぐわっと出てって、客席にだだだって降りて、で、走り去ったって感じですかね。それ以来毎日出てくるようになって」

擬音を多用する騒々しい話し方だが、大体のことは伝わった。

「どうやらー、毎日、このロビーのどこかの壁から出てくるようなんですよねー」

紀美野支配人は周りを見回す。メタリックの壁紙。近日公演の演目のポスターと、こ

れまでこの劇場で公演をしてきた劇団の写真が飾られていた。

「出てくる時間は？」

「四時四分と、五時十二分」

「いやに正確ですね」

秀也が言うと、

「そうそうそう、いやに正確なんすよ」

佐村が大げさに何度もうなずいた。

「ただばしりは時間には正確なんだ。それで数秒間暴れまわって、壁に消える」

「ええ。毎回、だいたいー、一分くらいです」

赤沢の解説に、紀美野支配人がうなずく。

「その間にとっ捕まえるしかねえってことだな」

腕を組んで周りを見回す堀杉。

「しかし、いったいどうしてただばしりのやつ、この劇場に出てくるようになったんだ？　封印塚はこの近くにあるはずだが、また誰かが故意に解きやがったのか」

「さあ……」

紀美野支配人は眉《まゆ》をひそめて首をかしげた。

「もう、俺たちはいいかな……」

無口の山口が、突然立ち上がった。

「次回公演のためにな、畳を袖に運んどかなきゃいけねえ。行くぞ、佐村」

「はい」

二人の大道具係は連れ立って、ドアを開け、客席の中へと消えていった。

5

ぶぅん……という音が部屋中の冷蔵庫からする。どうして冷蔵庫というのはこんな音がするのだろう。

薄暗い部屋の中央で、パソコンのキーボードをカタカタと叩《たた》き、彼は最も手近な冷蔵庫の扉を開けた。クーラーの効いた部屋の中、さらに強い冷気が漂い出してくる。

冷蔵庫の中にはびっしりと、大福の載せられた皿が並べられていた。

一皿取り出し、冷蔵庫を閉め、ラップを取る。

一つ取り、口に含む。ひんやりとしたあんこの甘みが口に広がる。外は猛暑だというのに、この贅沢《ぜいたく》は何だろうか。

とはいえ――いったい、いつまでこの部屋にいることになるのだろうか。

再び、パソコンの前に座る。メールはまだ来ない。

6

「しっかし、劇場ってのはよ、人がいねえとこう、がらーんとして、薄気味わりいよなあ」

　三百人収容の客席のど真ん中で、堀杉が天井を眺めている。秀也はその左隣に座って舞台を眺めていた。緞帳《どんちょう》は開いている。そして舞台の中央に、歯車のような形をした大道具が置かれていた。直径は三メートル以上あり、中央の穴にはすっぽり人が入れそうだ。一週間後から公演を行う劇団の大道具だそうだ。

「ただばしり、出ねえかもしれねえな」

「どうしてですか？」

　堀杉をはさんで向こう側にいる赤沢が、意外そうな顔をした。

「人が多いところが好きな妖怪《ようかい》って言われてるじゃねえか。七世團十郎《だんじゅうろう》の話は知ってるだろ？」

「ああ、中村座《なかむらざ》の一件でしょう？」

　……またはじまってしまった。

「たしか、鶴屋《つるや》南北《なんぼく》の『東海道《とうかいどう》四谷《よつや》怪談《かいだん》』の上演中のことでしたよね。芝居中に突然ただばしりが現れ、花道を走ってきたとか」

「ああ、だけどそこは團十郎よ。民谷伊右衛門《たみやいえもん》のまま、くわっとただばしりに睨《にら》みを利かせて立ち去らせたっていうことだろう？　すげえやな」

　秀也にも市役所から支給されているタブレットPCには、朧月市の条例指定妖怪のデータベースである『マユツバ帖《ちょう》』がインストールされている。秀也の曾祖父《そうそふ》にあたる眉村燕という職員が集めた詳細なものなのだが、この『マユツバ帖』には実は外伝がある。まだ全国に妖怪がいたころ、歴史上の有名人が妖怪に遭遇したエピソードが集められているのだそうだ。秀也はまだ読んだことがなく、その実物すら見たことがないので、どうもこの話が胡散臭《うさんくさ》く感じられてしまうのだった。

「あのときは客席は満員だったんだろ。芝居そっちのけで拍手が巻き起こったっていう話だ」

「たしかに。そう考えると、人がいない劇場の客席なんかに出てくるかどうかはわからないですね」

　赤沢はうなずいた。

「じゃあ、どうするんですか？」

　秀也は堀杉に尋ねる。

「さあな。大人数ここに集めるか」

「え」

「冗談だよ」

へっへ、と堀杉は笑った。

「すみませーん」

そのとき、後ろのほうから男性の声が聞こえた。振り返るが誰もいない。

「こっちでーす」

壁の、高い位置だった。四角い穴がいくつか空いており、そこの一つから男が顔をのぞかせていた。先程会った大道具係の二人とは違う、もう一人の専属スタッフだろう。

「あのー、照明の位置合わせ、しちゃいたいんですが」

「ああ、すみません」

三人は立ち上がり、外へ出ようとした。

「ああ、いやいや」

スタッフの男性は大声のまま弁解するように手を振った。

「どなたか一人、舞台の上に立ってもらえませんか？」

＊

演劇のライトとはこんなにまぶしいのか。秀也は舞台中央に立ち、スポットライトを浴びながら感じていた。

「ちょっと色の感じ、見たいんで、そのままでお願いします」

後ろのスタッフは、マイクを使って指示を出していた。観客席で、赤沢と堀杉の二人はにやにやしている。市役所の仕事はいろいろだとは聞いていたけれど……外回り先が劇場だとこんなことまでしなければならないのだろうか。いくら妖怪課がイレギュラーな仕事に出会うことの多い部署だといっても、これは仕事の範疇《はんちゅう》を明らかに超えている。

照明が青くなった。とともに、何やら頭上でミラーボールのようなものが回り始めた。

「おーい。いい雰囲気じゃねえかーっ」

堀杉が客席から叫ぶ。

「踊れ、踊れー」

横で、赤沢がケタケタと笑い始めた。悪意がある。

「へっくしょい！」

堀杉は突然、くしゃみをした。

「大丈夫ですか、ワンさん」

「ああ、なんだかよ、廊下は暑かったけどよ、この客席は逆に冷房が効きすぎてらあ。赤沢、お前、ティッシュ持ってねえか？」

「ありますよ」

ワンさんは鼻のプロテクターを取り、勢いよく鼻をかんだ。冷房が効きすぎとは……こっちが汗だくなのに、いい気なものだ。

秀也は目をそらす。舞台右わきの、幕に隠れて見えない、通称「袖《そで》」の中は意外と広い。当然ながら灯《あか》りは点《つ》いておらず、非常口の緑色のランプだけが頼りなげに光を放っている。スタンド付きの照明器具や、マイクの類《たぐい》、大きな木の台、板を立てるであろう木材を組みわせた大道具などが置かれている。その一部に、体育館のマットのようなものが積まれていた。あれは、何に使うのだろう？

「あー、ごめんなさーい」

左の袖のほうから足音がして、紀美野支配人が舞台に走り出てきた。両手にはちり取りと箒《ほうき》を持っている。

「陣内さん、だめ、だめ、だめー」

彼女は秀也のすぐ隣までやってくると、照明スタッフのほうに向け、ちり取りと箒で大きく×を作った。

「支配人。照明を合わせてる最中でーす」

「この人、劇団の人じゃないって」

「え？」

「市役所の人」

「市役所？」

「ほら、言ったじゃん。ただばしりの件でー」

「あぁっ！」

マイクの声はそう言ったかと思うと、数秒して、客席の灯りがついた。

「すみませんでした。てっきり、役者の方かと」

「もーう」

紀美野支配人は照れ笑いをすると、秀也の顔を見て、「大丈夫です？」と尋ねてきた。

「ええ、大丈夫です」

「なんかー、黒い汗、かいてますけどー」

「黒い汗……あっ！」

しまった。先ほどの照明の熱で汗をかいてしまい、「天凶家凶〆凶」の呪文が流れてきてしまっているのだ。もしこの呪文が完全に消えてしまうと、長屋歪が出てきてしまい……こんな広い、しかも部屋数の多い劇場などという建物であの妖怪が出てきてしまっては、とんでもないいたずらをしでかすに違いなかった。

「ちょっとすみません。どこかに鏡はないですか？」

「ん、そこの袖に」

紀美野支配人が指さしたのは、積んであるマットのそばだった。台の上に、舞台装置の一つなのか、鏡が置いてある。

「お借りします」

秀也は急いで走り寄り、マットに腰かけた。座り心地が何かおかしい気がしたが、とにかく今は呪文《じゅもん》を書き直さなければならない。作業着のポケットから妖力《ようりょく》のこもった筆ペンを取り出し、鏡を覗《のぞ》き込んで呪文を修正していく。

えーっと、ここは「天」。鏡を覗いているので払いは逆になる。だいぶ慣れてきたが、やはり焦っていると手が震える。しかも、あとからあとから汗が流れてくるので書きにくい。ここはいっそのこと、一度汗ごと全部ぬぐってしまおうか。

ハンカチをポケットから取り出すべく、かがみこんだ状態から身を起こし、体を支えるために手をマットにつこうとした。

じゃぼん。

右手が濡《ぬ》れる感触がし、秀也は後ろに倒れこんだ。

「えっ」

ちゃぽ。ちゃぽちゃぽ。ちゃぽん。

次の瞬間、秀也は水の中にいた。

「ごぽっ……」

慌てて両手を動かす。手に、生物の感触。うろこか？

口をパクパクさせている魚の顔が見えた。

鯉？　……どうしてだ。

「ごぼっ……ああ、がはっ！」

水面（？）から顔を出し、なんとか息を吸った。目に見えるのは、薄暗い舞台の袖……だけど秀也は確実に、その袖の中で溺《おぼ》れている。

なんなのだ？　いったいどういうことなのだ。

じゃぼ、じゃぼじゃぼ、じゃぼじゃぼじゃぼじゃぼ。

秀也の周りには鯉がひしめき合っていた。

「きゃーっ！」

舞台上で、紀美野支配人が叫んでいるのが聞こえた。

「なんだなんだ」「どうした」

赤沢と堀杉の声がする。秀也の異常を察したのだろう。

とにかくへりに手をかけなければ……しかし、じゃぼじゃぼじゃぼとひしめき合っている畳色の鯉たちが腕や足にまとわりついて思うように動けず、秀也の体はどんどんと奥へ引きずり込まれていく。

「ごぼっ」

水を飲んだ。舌に、何かざらついたものがあたり、妙な草の匂いが鼻を突いた。これは……イグサ……？

秀也は、気を失った。

――畳《たたみ》の鯉《こい》（朧月市条例指定妖怪《ようかい》　登録番号３４１）💀💀💀
畳の中を泳ぐ鯉。
江戸時代中ごろ、駿河国《するがのくに》のとある宿場町での話。
ある旅籠《はたご》で宿泊客の行商が変死した。部屋の中で死んだにもかかわらず、男の髪はぐっしょりと濡れ、口から水泡が出ていた。溺死《できし》である。同心の調べによると、行商は一人であり、部屋に入ってから朝まで誰もその部屋に出入りした者はいなかった。その日以降この宿のあらゆる部屋で同様の死体が発見されるようになり、うわさが広まって宿は閉鎖してしまった。ところが物好きはいるもので、このうわさを聞き付けた怪異好きの薬売りが、廃屋となったこの宿に寝泊りをしようと乗り込んだ。灯りを消し、布団に入り、しばらく待ったが何も出てこない。うとうとしかけたそのとき、突然水音がしたかと思うと、部屋の畳の中から何かが跳ねた。薬売りががばりと跳ね起きると同時に、布団がずぶずぶと沈んでいく感覚に見舞われた。大量の魚がびちゃびちゃと畳の中から出ては跳ねていく。畳全体が池になってしまったようだった。薬売りは布団ごと畳に飲み込まれ、まとわりつく鯉たちに溺れさせられそうになったが、なんとか力を振り絞ってふすまにしがみつき、畳から這《は》い上がった。そのまま寝てしまったものやら気を失ってしまったものやら分からない。気づくと、朝になっていた。

あとになって分かったことだが、この宿の立つ土地はかつて池であり、埋め立てられるときに大量に鯉が殺されたのだという。

（出典：小山椿堂《こやまちんどう》『椿目怪異譚集《つばきめかいいたんしゅう》』）

7

大福の皿はすでに四枚も重ねられている。

運動は好きなほうではないが、こうも同じ部屋にいると気分が滅入《めい》ってくる。それに、太った気もする。

マウスを操作する。

メールが来ていた。……なかなか厳しいか。

しかし、公演に来てくれないということになるとこの劇場は立ち行かなくなる。

そうなると……ああ、頭が痛い。

外へ出たい。しかし、まだ出ることはできない。

いったい、いつになれば……。

冷蔵庫を開け、五枚目の大福の皿を出した。

8

「モウ、ホントニアナタ、ドンクサイネ」

見渡す限りの地平線。青い空。入道雲。船の甲板。潮の香り。

もう慣れていた。ここは夢の中の船の上だ。ということは、目の前にいるこの人物は夢按針……。

「ソリャソウダーロ」

金髪・青い目。胡散臭《うさんくさ》い片言。どう見ても日本人ではない。ゆったりしたユニオンジャック柄のトレーナーを着ているが、イギリス人の知り合いなどいただろうか。だけれども、この顔はたしかに、かすかに見覚えがある。

「マタソウヤッテ」

「わかった、わかった。無理に思い出そうとしない」

秀也は目の前で手を振る。

「だけど夢按針。どうして出てきたんだ？」

「マタヨチムネ」

「予知夢？」

「ナンダカヤナヨカンガスルデショー？」

甲高く語尾を上げる。どことなく腹の立つ喋《しゃべ》り方だった。

「やな予感って？」

「ナカマノピンチデショー？」

ピンチ？

「ナカマ、ウシナイタクナカッタラ、ヤタラニチカラヲツカワナイ」

「どういうことだよ」

「ワカッテルデショー？」

英国人夢按針は手を肩のあたりに上げた。

「ワカッタラモウ、メヲサマシナサイ」

なんだか今回はずいぶん乱暴だ。サルベージ作業も、飛沫《しぶき》のスクリーンを作り出す作業もなしか。

「マイカイマイカイダト、ツカレルデショー？」

顎《あご》をしゃくるようなしぐさをする夢按針。視界は暗くなった。


「……さん、宵原さん」

「ん……」

目を開ける。ぼやけた視界の中に、赤いものが見える。

チェックのキャスケットが見えた。

「あ……あれ」

秀也の顔を覗《のぞ》き込んでいたのは、日名田ゆいだった。いったいどうして？

「ああ、よかった。目が覚めた」

彼女はほっとした表情を見せた。両脇には赤沢、堀杉。それに、紀美野支配人や劇場の大道具スタッフの二人もいた。

秀也は身を起こした。絨毯《じゅうたん》敷きの小さな部屋だった。作業着のあちこちに、小さなイグサのカスが引っ付いている。

「ここは、どこです？」

「うちの楽屋の一つです」

紀美野支配人が答えた。

「お前、大変だったんだぞ」

赤沢がため息をついた。

秀也は「畳の鯉」なるクロサン妖怪にまとわりつかれ、溺《おぼ》れてしまったのだ。紀美野支配人の悲鳴に異常を察した赤沢と堀杉が舞台に駆け上がって袖《そで》に行き、溺れる秀也の手を引っ張り上げた。秀也はすでに気を失っており、緊急用の担架でこの楽屋に運んで休ませたのだそうだ。

「クロサン妖怪？　どうしてあんなところに」

「それは、俺のせいっす。すみません」

大道具の佐村が頭を下げた。

「実は来週から公演をする劇団が、緊急で畳を用意して欲しいって言ってきてて……で、俺、三階の一番奥の廊下の隅に畳が積んであるのを見て、舞台袖に持ってってっちゃったんですよ」

「どういうことですか？」

「それが、奥の部屋に封じられていた〝畳の鯉〟の畳だったんだよ」

赤沢が答えた。

三階の一番奥、封印物件として使われている部屋のことだった。ここに封じられていたのが、まさに〝畳の鯉〟だったのだ。誰かが部屋の中から外へ出しておいた畳を、佐村が袖まで運んでしまい、秀也はその上に座り、まんまと溺れてしまったというのだ。

「お前、本当に妖怪を引き寄せる力、持ってんのな」

堀杉が笑った。

「まあ宵原、とにかくお前を引き上げることができて、ここへ運んできてな。息もしてるし、ほっときゃ起きるだろうっていうことにはなったんだけどよ」

ひとつ、とてつもない問題があった。顔の呪文である。畳の鯉の騒動の結果、秀也の顔からは長屋歪を封じるための呪文がきれいさっぱり落とされてしまったのだ。

秀也と行動を共にしているとはいえ、赤沢も堀杉も常に秀也の顔の呪文に気を払っているわけではなく、どの位置にどの漢字を書けばいいのかわからなかった。このまま長屋歪が出てきて騒動を起こされては収拾がつかなくなる。そこで真っ先に思いついたのは呪戸主任だった。市役所に電話をかけ、蛍火課長にその旨を伝えたが、あいにく呪戸主任は難しいクロニ妖怪《ようかい》の対応で、フランケンシアターから十キロも離れたところに出ていた。

その代わりに、といって蛍火課長が派遣したのが、日名田ゆいというわけだった。

彼女は日ごろ秀也の顔を見る機会が多いこともあり、正確に呪文《じゅもん》を把握していた。ものの三十分（その間、長屋歪は出なかったらしい）で日名田ゆいはやってきて、筆ペンで秀也の顔に呪文を書いてみせたというのだ。

「そうだったんですか……ありがとうございます」

礼を言うと、日名田はにっこり笑った。赤沢の手前、どういう顔をしていいのかわからない。それに、昨日のわだかまりもなんとなく残っている……

「ただばしりはどうなりました？」

ごまかすように、秀也は堀杉の顔を見た。

「まだ出てねえ」

腕時計を見ると三時半をすこし過ぎた時刻だ。一時間ほど気を失っていたことになる。もし今日も四時四分に出てくるのだとしたら、あと三十分ほど残っている。

とにかく、目を覚ますことができてよかった。

そのときドアを開け、照明係の陣内が顔をのぞかせた。

「すみませーん」

「どうしたの？」

紀美野支配人が反応する。

「オーナーに呼ばれたという方々がいらしています」

「劇団の人なら、今はちょっと公演の申し込みを見合わせてるって言って」

「いやー、劇団の人じゃないみたいです」

照明係はタオルを縛った頭の後ろを掻《か》いた。――そのあと、彼の口から出た名前を聞いて、妖怪課の面々の間に戦慄《せんりつ》が走った。

「〈揺炎魔女計画〉だそうですけど」

9

「しばらくぶりですね、宵原さん」

ロビーの中央でソファーに腰掛け、優雅に腕を組んでいるのは、藤堂菫だった。背後にはしっかり、美玖とりんねも控えている。

「久しぶりでーす」

いつものようにビデオカメラを回しながら、りんねが言った。

「なんなんだ、お前たち！」

秀也が返事をするより先に怒鳴ったのは、赤沢だった。興奮して口からは泡がだだと漏れており、作業着から覗き見られる両手首から先は蟹《かに》のハサミに変化している。

「どうして市役所の邪魔ばかりするんだ」

「邪魔？　心外ですね。ここのオーナーに呼ばれたのです」

「オーナー？」

「ええ。オーナーの紀美野さんに」

「どういうことだ、支配人のねえちゃんよ」

堀杉が支配人に詰め寄る。

「えーと、わかりません。父がそんなことを？」

「冗談じゃない！」

赤沢が走り出した。

「どこに行くんですか、赤沢さん」

「オーナーにどういうことか、聞くんだよ。あの部屋にいるんだろ！」

この劇場を訪れてすぐに前を通った、〈オーナー室〉と書かれたあの部屋のことだ。

「待ってください！」

紀美野支配人が血相を変えて追いかける。先ほどまでの間延びした声からは想像できないほど機敏だ。

……やっぱりおかしい。市役所からこんなに人が押しかけているのに、どうしてオーナーはあの部屋にこもりきりなのか。そして紀美野支配人はあの部屋をのぞかれることをよしとしないのか。

秀也、堀杉、日名田も慌てて後を追った。〈揺炎魔女計画〉の三人は追いかけてくる様子もない。赤沢は階段を下り、冷房の効いていない蒸し暑い廊下を走っていく。

〈オーナー室〉の前に到達した赤沢はノブを握るが、なかなかうまくつかんで回せない。興奮して、両手が蟹のハサミになっているからだった。

「ちょっと、ダメですー」

紀美野支配人とドアの前で攻防をはじめた。

その隙にと日名田ゆいが走り込み、ドアを全開にして中に飛び込んだ。

「あっ！」

紀美野支配人は赤沢に押さえられている。秀也と堀杉も日名田の後ろから部屋の中に入り込んだ。

蛍光灯がついていた。誰もおらず、がらんとしていて椅子ひとつない。そして、――壁という壁に新聞の切り抜きが貼り付けられていた。

切り抜きはすべて〈朧月タイムス〉からのものだろう。〈揺炎魔女計画〉に関する記事だった。

「へっくしょい！」

気温は廊下より低い。堀杉は急に寒くなったらしくくしゃみをし、プロテクターを外して鼻をかんだ。

「なんだ、こりゃあ……？」

鼻をひくつかせながら、壁の切り抜きを観察する堀杉。

「紀美野支配人」

秀也は廊下を振り返った。

「どういうことなんですか？」

紀美野支配人は額に手を当て、「ああ……」とうつむいていた。

＊

「実はー、オーナーは、一週間ほど前から行方不明でー」

紀美野支配人は秀也たちに囲まれ、ロビーのソファーに座り、俯《うつむ》いたまま語っている。

〈揺炎魔女計画〉の三人はどこに行ったのか。だが今は、彼女の話のほうが重要だった。

「どうして？」

「この劇場、そのー、経営がうまくいってないんです」

ほうぼうに借金があり、近々数千万円を入れなければ人手に渡ってしまうか、取り壊されてしまう。紀美野の父親であるオーナーは先代の残した劇場を守るために金策に走ったが、まったく当てがなく、自暴自棄になってしまったという。

「あの部屋に引きこもってー、〈揺炎魔女計画〉の切り抜きばかりー、集めはじめて……」

「それはつまり」

日名田ゆいが口をはさむ。

「彼女たちのファン、っていうことですか？」

紀美野純奈は顔を上げ、力なくうなずいた。

「お金のことはどうすんのと聞いてもー、寝ても覚めても〈揺炎魔女計画〉のことばかり。でー、ついに一週間前、ただばしりが出て〈ポワレ・ド・コロポックル〉が公演を中止したあと、いなくなっちゃったんです」

「どうしてずっと黙っていたのですか？」

秀也は尋ねた。

「もし父がいないことがわかるとー、いよいよこの劇場は潰《つぶ》れるんじゃないかって噂が広まっちゃうんじゃないかとー、心配でー……」

肩を震わせる紀美野純奈。そういう事情があったのか。

「でも、あいつらはオーナーから電話を受けた、と言っていたな」

赤沢が腕を組む。

「オーナーは別のところから彼女たちを呼んだのか？」

彼にとって〈揺炎魔女計画〉は、どうしても会いたい三人に違いない。失踪《しっそう》しておきながら劇場に呼ぶなんておかしい。

「たしかにいないようですね」

声がした。

藤堂菫だった。客席からロビーへの扉を開け、〈揺炎魔女計画〉の三人が出てくるところだった。今まで、オーナーを探して舞台袖《そで》などを見ていたようだ。

三人はつかつかとこちらに歩いてくる。秀也を含め、妖怪課《ようかい》の面々は身をこわばらせた。

「それでは」

「何だっ？」

赤沢が身を乗り出す。藤堂はそんな赤沢の顔をクールな目でじっと見つめると、口を開いた。

「おやすみなさい」

「な、なに……？」

顔の正面に、蟹のハサミとなった両手をクロスさせる赤沢。

「おやすみなさい、と言ったのです」

「帰るのか？」

「ええ。だって依頼人の姿が見えないのでは仕方がないですから」

藤堂に続き、「仕方がないでーす」と、デジタルビデオカメラのりんねが言った。

三人は頭を下げ、そのまま、ロビーにある出入り口から外に出ていった。

彼女たちが、こんなにあっさりと帰るなんて。……何か、裏があるのだろうか。

しかし、もう二度と戻ってくる雰囲気ではなかった。

残された妖怪課の面々は、きょとんとしたまま、その後姿を見送った。

＊

——うやあ！

耳をつんざくような叫び声がロビーに響いたのは、〈揺炎魔女計画〉の三人が扉を出て行ってから一分もたたないころだった。壁に設置されたガムの自動販売機の脇から、灰色の足が二本出てきたかと思うと、一同が座っているソファーめがけ、だだだっ！と走ってきた。

「ひいっ！」

日名田ゆいが叫び声をあげて身をちぢこませる。

「宵原、ネットだ！」

赤沢が叫ぶが、今、妖気ネットは近くにない。

——うやあ！

秀也たちが慌てふためく中を、ただばしりは走り抜け、客席の扉をどんと開けると、中へ飛び込んでいった。

「追いかけるぞ」

「は、はい」

赤沢、堀杉と同時に秀也もソファーから腰を上げ、客席の重いドアを押し開けた。

——うやあ！

ただばしりは客席の間をどんどん走っていく。

——うやあっ！

客席の一番前までくると、ぴょーんと跳びあがり、舞台に乗った。……ところが、

——うやっ！

舞台中央の歯車の形の大道具にぶつかり、ただばしりは痛そうに叫んだ。

——うやー…

チャンスだ。両サイドから挟みうちにしようと、上手から赤沢、下手から秀也が舞台にのぼる。

「それっ！」

赤沢の号令で一気につかみかかるが、

——うやあーっ！

ただばしりは、再び高く跳びあがり、赤沢の頭を踏んづけた。

「こいつ！」

上手袖に逃げていくただばしり。どたどたとした走りのくせに、すばしっこい。これは捕まえるのは至難の業だ。

「あっ！」

赤沢が叫んだ。ただばしりは袖の奥のコンクリート打ちっぱなしの壁に消えていった。

10

「ひゃひゃひゃひゃ……」

壁中に小便器が現れる。その並びに秩序はなく、三つは天井から生えているかのようだ。

部屋全体は五十メートルはあろうか。個室がずらりと並び、ドアがばたんばたんとひとりでに開け閉めを始める。蛍光灯はちかちかと、気味の悪いリズムで明滅した。

「ひゃひゃひゃひゃひゃ……」

背後で、嬉《うれ》しそうに間取りを変える長屋歪が、鏡越しに見えた。

「どうしたんですか、ヨイハラさん。せっかくヒナダさんが呪文、書いてくれたのに」

秀也はタオルで顔をぬぐうと、振り向いた。

「長屋歪、ちょっと頼みたいことがあるんだ」

「ひゃひゃひゃ、そんなことよりヨイハラさん」

長屋歪はパネルの上の間取り図をどんどん変えていく。

「ヒナダさんのことはいいんですか」

鏡は消え、窓ができた。がくん、と部屋全体が揺れた。

「昨日、あんな形で別れちゃったから」

余計なことを……。

窓の外の景色がどんどん下へ流れていく。上昇していく感覚。この歪《ゆが》んだ男子トイレ全体をエレベーターにしたのだろう。

「もっとちゃんと話しあったほうが。ひゃひゃひゃひゃ……」

「長屋歪！」

秀也は叫んだ。

「緊急事態なんだ」

「ふう」

首をぽきぽきと鳴らす長屋歪。

「わかってますよ、全部見てましたから。仕方ないですねえ……」

部屋のエレベーターが下りていく。長屋歪は、せっかく面白いように建物を歪めたのに、とでもいいたげな表情だった。

長屋歪を伴って男子トイレの外に出ると、妖怪課の面々と紀美野支配人がそろっていた。

「宵原」

赤沢が一枚の紙を見せてくる。

「こんな感じだ」

秀也は紙を受け取った。いい間取りだと思う。振り返って、長屋歪にそれを見せる。

「この劇場を、この間取りに変えてくれ」

長屋歪は鼻息をふんと噴出した。目玉の入っていない眼窩《がんか》で、秀也をじっと見つめる。

「ちゃんと見てくれよ」

「見なくてもわかりますよ。私が何百年、建物を歪めてると思ってるんですか」

パネルを背後から取り出すと、さっささっさと劇場の間取りを変えていった。

ごうっ、ごうっ、と風が吹くような音がする。周りの壁が消え、あるいは新たな壁ができ、劇場は先ほどまでとはまったく違う様相になった。紀美野支配人はただただ目を丸くしている。

「まったく」

長屋歪はため息をつく。

「妖怪づかいが荒いですねえ……」

＊

ロビーの様子ももちろん、先ほどとはまったく違っていた。縦二列に並んだソファーに、秀也と赤沢が向かい合って座っている。時刻は、五時十分。一回目の出現は四時四分だった。やはりただばしりは時間には正確である。ということは次は、五時十二分だ。

「本当に今日は、イレギュラーな仕事になっちまったぜ」

赤沢は文句を言っていた。さっきから手は蟹《かに》のハサミのまま、戻りそうもない。

「どうも、すみません……」

紀美野支配人は頭を下げる。オーナーの行方不明が発覚してからというもの、すっかり意気消沈している。

「大丈夫ですよ。まあ、見ていてください」

秀也は言った。

やがて、五時十二分になった。

「そろそろ、きますよ」

秀也が言うのと同時に、

——うやあ！

先ほどよりもさらに元気な声を上げ、ただばしりが出てきた。三人のすぐ近くの壁からだった。そのままだだだ、と三人の間を走り抜け、そして、少し戸惑ったようにスピードを緩める。

長屋歪が劇場の間取りを変えてしまったために、客席扉までの距離がこれまでよりだいぶ近いことに怯《ひる》んだのだろう。しかし、ただばしりは一度出ると、消えるまで走り続けるという性質を持つ。

——うやうや、うやあ！

勇気を震い立たせるような声（相変わらず、この二本の足のどこから発声しているのかは不明であるが）を出し、一気に扉を開けて入っていった。

――うや？

中で、さらに戸惑うただばしりの声が聞こえる。秀也と赤沢、紀美野支配人は、ともに、扉を押し開けた。

すぐ脇が、階段になっていた。

三人はすぐさま駆け上る。そこはガラスの床になっており、下の客席がまるまる見えるようになっていた。

客席には椅子はなく、壁がカタツムリの殻のようにぐるぐる巻きになっているのだ。

――う、う、うやあ！

ただばしりは戸惑いを吹っ切り、そのぐるぐる巻きの壁に沿って走り始めた。

――うや、うや、うやあ！

だんだん調子が出てきたようで、ただばしりは加速していった。

三人は、自分たちの足の下で繰り広げられるこの奇観を、見守りながら、ついていく。

――うや？

と、突然ただばしりは再びスピードを緩めた。気づいたのだ。このままぐるぐる巻きの壁伝いに走っていても、いつか行き詰まってしまうことに。その先に何かよからぬことが待っているであろうことに。

ただばしりは、右足のかかとできっ、とブレーキをかけると、そのままくるりと向きを変えて今きた道を戻ろうとした。

どん、と音がして、その前に壁ができた。

「ひゃひゃひゃひゃひゃ……」

気味悪い声で笑っているのはもちろん長屋歪だ。彼はステージの上で右手のパネルを楽しそうに眺めている。

——う、うや……

焦るただばしり。もう、あとにはひけないことを悟ったのだろう。どうにでもなれと再度向きを変え、内側に向けて全力疾走しはじめた。

「ひゃひゃひゃ……」

どん、どん、どん。ただばしりの走ったあとにはどんどん壁が書き足されていく。半ば強制的に、ただばしりはぐるぐる巻きの中央に走らされていった。そして、そこで待ち受けているのは、妖気《ようき》ネットを持った堀杉だ。だが、ただばしりのすばしっこさをさらに削《そ》ぐために、あるものが敷いてある。畳だ。

——うやあ！

ただばしりは勢いよく、その畳に乗っかった。

ぼちゃん。

——うやあ……

ただばしりは畳に落ち、ばちゃばちゃともがいている。その周りには畳の鯉がまとわりつく。イグサのカスが畳色の水滴とともに舞う。……ただばしりは、足だけで溺《おぼ》れているのだった。

「今だ！」

妖気ネットを持ち出し、畳の中に投げる堀杉。

ただばしりは、難なく捕まった。

11

劇場の間取りは、元に戻っている。ステージの上には相変わらず、畳の鯉が飛び跳ねる畳が置かれたままだ。

「お前一人で大丈夫かよ？」

堀杉が赤沢に訊《き》いた。

「大丈夫ですよ。もともと俺の仕事なんですから」

両手は人間の手、そして口調はいつもの驕慢《きょうまん》さを取り戻している。

「宵原とワンさん、それにゆいは畳を元の部屋に」

赤沢は、うやうやと暴れ続けるただばしりを、妖気ネットごと持ち上げて出ていった。

ここからすぐ近くにある「走り塚」にただばしりを封じてくるためである。

「それにしても、この畳の鯉、畳ごと部屋に持っていくだけで封じることができるものでしょうか？」

秀也は最前列の客席に腰かけている堀杉に尋ねた。

「ああ、大丈夫だろ。今まで何十年もそうだったわけだし、こっちから近づかなきゃ」

「じゃあ、俺らがやりますよ」

大道具の二人がやってきた。畳の鯉の畳を持ち上げる。

「じゃあオイラはついていくだけってことで」

堀杉は立ち上がった。

「いいですって」

「一応、妖怪《ようかい》のことだからよ、市役所の人間が立ち会わねえと」

「そうすか……」

「ああ。宵原、おめえは今のうちに、顔の呪文《じゅもん》、書いとけちゃんと」

堀杉は大道具の二人とともに、客席を出ていった。

「ひゃひゃひゃひゃ……」

長屋歪は舞台の縁に腰かけて笑いながら、まだパネルに何か書きこもうとしている。

これは早く封じないと。

「宵原さん、こっち向いて」

日名田が言った。彼女はすでに、筆ペンを用意していた。

「私が書いてあげます」

なんだか照れくさい。

「ごめんなさいね、長屋歪さん」

「ひゃひゃひゃ……まあ、ヒナダさんが書くなら、ここはおとなしく消えますか。仲なおり記念ってことで」

またこの妖怪は余計なことばかり言う。秀也は日名田のほうに顔を出した。彼女の顔は、少し赤くなっていた。

「待ってください」

止めたのは、騒動が収拾してからずっと黙っていた紀美野支配人だった。

「どうしたのですか？」

「あの、私、写真が趣味でして。こういうことはあまりあるものじゃないし、記念写真をお願いしてもいいですか？」

彼女は、手にカメラを持っていた。舞台裏の廊下やロビーに、今まで公演をしていた劇団の写真が飾られていたことを、秀也は思い出した。

「えーと、そういうのは……」

「別に、いいんじゃないですか？」

日名田が言った。まあ、咎《とが》められることはないだろう。

「じゃあ、すみませんが」

紀美野支配人が声をかけたのは、秀也でも日名田でもなかった。長屋歪だった。

「えっ？」

「ひゃひゃひゃ、私ですか」

「はい。ぜひその、舞台中央の大道具の中へ」

そりゃ、今回一番の功労者はこの妖怪ということになるけれど……なんだか釈然としない。秀也は日名田と顔を見合わせ、苦笑いをする。

「ひゃひゃひゃひゃ……なんだか、照れますねえ」

長屋歪は言われたとおりに、歯車の形をした大道具の上へよじ登った。

「その穴の中に、入ってもらえますか？」

カメラを構えた紀美野支配人は言った。妖怪相手に注文が多い。しかし長屋歪はでれでれしながら、言われた通りに歯車の中に入った。

ばたん、と音がして客席右手の扉が開いた。

「宵原！」

さっき出ていったばかりの堀杉だった。顔が蒼白《そうはく》だ。

「気をつけろ！　その女、あぶねえぞ」

「その女？」

誰のことを言っているのか、まったくわからなかった。〈揺炎魔女計画〉はもう、とっくに帰ったというのに。

「三階の畳の鯉を封じている部屋の中によ、いたんだよ」

「いたって、誰がです？」

「そいつの父親だよ」

……失踪《しっそう》したオーナーのことだろうか？　なぜ？　秀也の背中から、次第に血が引いていった。日名田もどういうことかと堀杉のほうを見つめている。

「聞いたらよ、娘に、一週間前から閉じ込められて、いいって言うまで出てくるなと命令されたっていうじゃねえか」

堀杉が指差しているのは、カメラを構えている紀美野純奈だった。

「オーナーはよ、娘の言いなりなんだよ！　だいたいさっき〈オーナー室〉に入ったとき、おかしいと思ったんだ。あの部屋に貼られていた切り抜きからは、そいつの指のマニュキュアの臭いがぷんぷんしてた。俺はてっきりお前が父親のために切り抜きをしてるのかと思ってたけどよ、違うな」

紀美野純奈は舞台上の長屋歪に向けてカメラを構えたまま、まったく動かない。

「〈揺炎魔女計画〉のファンは、お前だろ」

嫌な沈黙だった。

「なんとか言え！」

紀美野は、カシャッとシャッターを切った。

「いい鼻をしているんですね」

客席から光が消えた。

舞台上の一部だけが光っている。蓄光テープだった。歯車の大道具の上、長屋歪を囲むように、五芒星《ごぼうせい》が描かれていた。

「まさか」

舞台上に、ぼっ、と紺色の炎が現れた。

「うそだ」

秀也の声をかき消すかのように
「ぎゃーあーあーあー！」

ものすごい叫び声がした。

長屋歪が、燃えていた。

「ぎゃーあーあーあ！」

いつものおちゃらけた声ではなく、頭を抱えて叫んでいる。

「長屋歪！」

「ヨイハラさん、た、たすけてー！」

と言われても、なすすべもない。長屋歪がだんだん燃えていくのをただ見ているしかない……。

「ははは、ははは」

客席後方で笑っている声がした。スポットライトの光の中に人影が見える。

〈揺炎魔女計画〉の三人。それに、いつの間にか彼女たちのそばにいる紀美野純奈。

「ぎゃあー！　あつい、あつい……」

「宵原さん」

舞台上の長屋歪の叫び声の間を縫って、藤堂の声が聞こえた。

「初めから、これが目的だったのですよ」

12

〈すこやか荘〉の1LDKの部屋に戻ったのは、午後十時をすぎたころだった。座椅子に腰をおろし、息をふぅと吐く。天井を見上げると、蛍光灯がぱちぱちと明滅した。

なんだか、どっと疲れていた。


ただばしりの塚の封印を解いたのは自分だと、紀美野純奈は告白した。

もともと、祖父から受け継いだ劇場を維持することには気が進まなかったが、オーナーである父親に懇願されてしかたなくやっていたのだという。その負い目からか、父親は彼女のわがままを極力聞くようになり、娘は父親に暴力まで振るうようになった。そしていつしか、娘が父親を支配するという構図が生まれたのだ。純奈は最近現れた〈揺炎魔女計画〉のファンであり、切り抜き記事を張り巡らせる部屋として、オーナー室を明け渡すように言ったのだ。父親は承諾し、そして自らは誰も来ない三階奥の封印物件の部屋の畳を外に出して使うようになった。

一方純奈は藤堂菫にコンタクトをとることに成功し、藤堂に、長屋歪という妖怪の退治に協力するように要請される。

まず、劇場の近くにあるただばしりという妖怪の封印を解き、劇場に出現させるように仕向け、妖怪課に申請を出す。次いで、オーナーである父親が〈揺炎魔女計画〉に退治を依頼したように見せかけ、フランケンシアターに三人が来ても不自然ではない状況を作る。オーナーである父親には、部屋から一歩も出ず、劇団との公演の交渉に没頭していろと命じておく。

妖怪課がやってきたあとの手はずはこうだった。

ただばしりは一定時間走り続け、その間壁をすり抜けることはできない。妖怪課は長屋歪を使ってただばしりを捕まえるだろう（他に多くのクロニ妖怪を人為的に出現させておいたため、比較的封じやすそうなただばしりの対応に秀也がよこされることは予想できたのだろう、と赤沢は言った）。そのあと、記念に写真を撮ってくれないかと純奈は頼む。長屋歪を歯車型の大道具の中心に入れ……あとは藤堂が火をつけるだけだ。

こうして、まんまと長屋歪は焼かれてしまったのだ。

紺色の炎の中、もがき苦しむその姿は影になっていき、叫び声もフェイドアウトするように消えていった。

秀也はまだ天井を眺めている。

――ひゃひゃひゃ……。

あの甲高く不気味な笑い声は、もうしない。

憮悔ヶ池で呪戸主任を助けた妖怪《ようかい》。たしかに長屋歪は、彼女たちにとって邪魔な存在だったのだろう。……秀也にとってもそうだった。あの妖怪にはこの部屋や外回り先で、何度もいたずらを受けてきた。とりついているために終始秀也のことを見ていて、余計なことを言い、封じるために顔に書かなければいけない呪文はどこへいっても奇異の目で見られ……そう。邪魔な存在だったのだ。

そのはずなのに、この感情は……。虚しさ、だろうか。

また、息をふぅ、と吐く。なんだろう、この、煮えきらない疲労感は。

ドアがノックされた。開くと、そこには日名田ゆいがいた。

「日名田さん」

「晩ごはん、まだだろうと思って。サンドイッチです」

日名田は、ビニール袋を掲げた。どこかの惣菜《そうざい》屋のもののようだ。

「ここのサンドイッチ、おいしいんですよ。ポテトサラダと、ごぼう揚げもありますよ」

食卓の上に、サンドイッチが並べられた。ビニール容器に反射する蛍光灯の光が、やけに眩《まぶ》しく感じた。

秀也は卵サンドを手に取った。

一口かじる。……美味《うま》いはずが、味が感じられなかった。

「宵原さん、長屋歪さんのこと、なんていうか……」

彼女は目を伏せた。

「お気の毒です」

「いや、何を言ってるんですか。あんなのただのクロニ妖怪じゃないですか」

秀也は笑い飛ばした。

「せいせいしてますよ。あいつがいると毎朝呪文《じゅもん》を書かなきゃいけないし」

胸の底から、感情の塊がこみ上げてくるような感覚が襲った。むりやりサンドイッチを口に詰め込み、「美味い美味い」と噛《か》み砕き、飲み込み、秀也は話を続けた。

「初めて朧月市にやってきた日の夜、そこから吊《つ》り天井をしかけてきたんですよ、あいつ。部屋全体を体育館のような広さにされたこともあるし、朝起きたら布団の周りが迷路だったこともあります」

――ひゃひゃひゃひゃひゃ……。

「つい最近だって、コリントゲームの玉にされたんですよ。たまらないですよ、もういなくなって……」

秀也の頭を、優しい感触が包んだ。日名田ゆいが抱きしめているのだった。

鼻の頭が痛くなった。

悔しい。……ついに、この言葉が出てきた。

目の前で、長屋歪が焼かれてしまった。そして、いなくなってしまった。

寂しい。

相手は妖怪なのに。公務員として、封印しなければならないはずの妖怪なのに。

頬を、涙が伝って落ちた。

――そんなことよりヨイハラさん。ヒナダさんのことはいいんですか
フランケンシアターの男子トイレでの会話が、よみがえる。

――昨日、あんな形で別れちゃったから
あいつ、妖怪のくせに、こういう余計なことばかり。

――もっとちゃんと話しあったほうが。ひゃひゃひゃ……

気味の悪い声が頭の中に響いて、悔しくて、寂しくてたまらなかった。

朧月市の晩夏の夜の底、日名田ゆいの腕の中で、秀也はいなくなった友のことを思い、涙を流しつづけた。

第三章　斑爪百穴《まだらづめひゃっけつ》、妖怪封印解き現場撮影の件

1

「失礼します」

　チョコレート色の大きなドアを開けて入ると、ソファーにはいつも通り、市議会議員の藪坂光邦が赤い顔をして座っていた。

「やあ、よく来たね朽方くん、わははは」

　まだ夕方の六時だというのに、すっかり酔っぱらっている。部屋の隅で丸くなっている空豆狸が、迷惑そうに少し顔を上げた。

「どうかね、君も一杯」

「いえ。選挙運動中ですので」

「ふん、かたい男だな」

　そう言って藪坂はウィスキーをあおった。

「鮒見の件だがな、まあ、その筋に情報を流しておいたから、明日《あした》の朝刊には載るだろう」

「そうですか」

「これで鮒見の立候補はなくなったも同然だ。狸の情報ネットワークをなめちゃいかん。わはは。あとはあの豆山《まめやま》とかいう農家のオヤジだけだが、あんなやつに比べたら、君のほうが人気も高いだろう」

当然だ。口には出さず、朽方は肩をすくめる。

「君も数日後にははれて、朧月市長だな。おめでとう」

上機嫌に笑いながら、ウィスキーを注ぎ足す藪坂。さすが狸。能天気な男だ。

朽方の真の目的は、こんなちっぽけな市の市長なんかではない。先祖の誇りと、この国の未来だ。脳裏に、先祖伝来の剣が浮かぶ。黄金の柄に赤と緑の美しい玉。あれを使って、この国の威信と栄光を確固たるものにするまでの第一歩だ。そのためには、必ず次の選挙で勝たなければならない。

こんな崇高な理想を一介の狸使いの市議会議員に語っても仕方がない。

「ときにあれはどうだ、妖怪課の連中は」

「ええ。昨日、藤堂たちが宵原秀也に憑《つ》いていた長屋歪を退治したとのことです」

「おおそうか」

「小夜仙が憑いているとはいえ、もう彼らは恐るるに足らないでしょう。私が市長になった暁には、必ず解散させます」

「けっこう、けっこう」

「そして、民間の妖怪退治の正当性を強調するため、選挙前に、もう一つ、妖怪の封印を解き、藤堂たちに退治させようと思うのですが」

　今までも、藤堂や柘榴田に命じて人為的に妖怪の封印を解き、民間に被害を与え、〈揺炎魔女計画〉として退治するということはさんざんやってきた。最後のダメ押しというわけだ。

「どこの妖怪《ようかい》を解放する？」

「斑爪百穴。今度は柘榴田とともに、私も同行しようかと」

「おお、それはいい。後学のために行っておきなさい」

　何を偉そうに。

　しかしまだ、この男は味方につけておいたほうがいい。市長になった後も議会に条例を通すのに、何かと都合がいいからだ。

「ところで、君にはこれはあげたかな？」

　藪坂は、一本の葉巻を差し出した。

「いえ」

「舶来物でね。一本十万円もする。市長になったときにでも、吸いなさい」

　これはありがたく頂戴《ちょうだい》しておくか。

「ありがとうございます」

朽方は受け取り、恭しく頭を下げた。

2

悪趣味な模様のニット帽。口角を上げて笑うと、すきっ歯が見える。

「いやはや、びっくりしましたねぇ……」

朧月市役所妖怪課プレハブのソファーで、秀也の前に座ってにやにやと笑っているその男は、虚井《うつろい》マナブという名前である。地方紙〈朧月タイムス〉の記者であるが、腹の底で何を考えているのかわからないところがある。そうでなくても、担当は〈揺炎魔女計画〉を礼賛する記事を書くことだ。端的に言って、妖怪課の面々は全員、彼のことを嫌っている。

「まさか鮒見前副市長が、こんな不正をしていたなんて」

彼はローテーブルの上に置かれた〈朧月タイムス〉の見出しを指さした。

――鮒見候補、黒耳《くろみみ》建設より不正献金
鮒見候補は朧月市政に携わる前には水道関係の仕事をしていた。そのときのつながりから、黒耳建設という会社とパイプを持ち、不正献金を受けていたというのだ。鮒見候補のコメントは書かれていないが、どうやら真実らしかった。

「これで彼の立候補は白紙に戻されるでしょうねえ」

にやにや笑いながら、虚井はペットボトルのキャップを開けると、中身を一口飲んだ。〈琉龍水《りゅうりゅうすい》〉という、この市内でたまに見かける有料水だ。

「で、あんたは何が言いたいわけ？」

カウンターの向こうから、鎌首玲子が黄色い目を向けてくる。カエルやネズミなどの小動物を縮みあがらせる、彼女の「蛇女」の目も、この人を食った新聞記者には通用しないようだった。

「いやだなあ、わかってるはずじゃないですか」

「わからんな」

資料に目を落としたまま、蛍火課長がため息を吐くように言った。

「インタビューですよ、インタビュー。いいですか。朽方候補の最大の相手だった鮒見候補が市長選への出馬をとりやめたら、もうほとんど朽方さんが市長になるのは確実です。そうなるとほら、ねえ」

さすがに秀也にもわかっていた。妖怪課をなくし、民間の妖怪退治を認める条例を制定するという、例のマニフェストのことだ。

「あなた方、妖怪の力を持った市役所職員が、このマニフェストについてどう思っていらっしゃるのか。それをぜひ、一言ずつ、お願いします」

〈琉龍水〉のペットボトルをローテーブルの上に置き、ひらりと立ち上がると、虚井はポケットからボイスレコーダーを取り出し、カウンターの上に置いた。日名田ゆいが目をぱちくりとさせる。

「まずは、あなたから」

「えー、私ですか？」

「答えることはねえぞ、ゆいちゃん」

奥の物置から出てきた呪戸主任が止めた。

「そんなの、取材拒否してやりゃいい」

「ええ？　公務員が、善良な一新聞記者の取材を拒否するとでもおっしゃるんですか」

虚井は立ち上がり、主任のほうを向いてわざとらしく言った。

「守秘義務だ」

そんな彼の前に来ると、主任は大幣《おおぬさ》を彼の鼻先で振りはじめる。

「な、なんですって？」

「公務員はな、業務上知りえた秘密を、むやみに他人にばらしてはいけないんだ。相手が、あることないこと節操なしに書き散らす新聞記者の場合は特にな」

ばっさばっさという大幣攻撃の前に、さすがの虚井も一歩一歩後退し、出入り口のほうへ追いやられている。

「あなたがたへのインタビューなのに、どうして秘密を公開することになるのですか」

「それが言えないから秘密なんだよ。ほら、さっさと帰れ」

「ふん！」

虚井は不機嫌そうな声をだし、秀也の前から〈琉龍水〉のペットボトルをひったくるように取り上げた。

「まあいいでしょう。こんなけち臭いプレハブ、もうそろそろ撤去されるでしょうから」

がらりと引き戸を開けると、振り返り、意地の悪い目で妖怪課の面々を見回す。

「選挙の結果と、あんたがたの行く末、しっかり張り付いて取材させてもらいますよ」

捨て台詞《ぜりふ》を吐き、虚井は去って行った。

「ほんっとに、仕事前から気分悪いわ」

鎌首は何かをぼりぼりとかじりながら、文句を言う。今日はカナブンではなく、干からびたトカゲのようだった。

「まあしかし、この事件が衝撃的だったってのは事実ですよね」

氷室が秀也の向かい側に腰を下ろし、虚井が置いていった〈朧月タイムス〉を拾い上げた。

「黒乃森市長もがっかりしてるだろうなあ……」

「しかしこうなると」

呪戸主任は秀也の前に腰を下ろした。

「頼みの綱は、豆山とおるってことになるな」

今回の市長選に立候補したのは、朽方忍、鮒見永三《えいぞう》、豆山とおるの三人だ。有力候補の朽方は妖怪課をなくすというマニフェストを掲げている。これまでは黒乃森前市長の意向を引き継ぐ二番人気の鮒見が頼みの綱であったが、彼が立候補を取りやめた。ということは妖怪課存続の望みは、豆山につながったということになるのだが……。

「いけません」

秀也は手の平を出して首を振った。

「公務員が公職選挙の特定の候補を応援することがあっては」

プレハブは一時、きょとんとした空気に包まれたが、氷室がははと笑いだした。

「いやだなあ宵原さん。主任だってわかってますよ」

「え？」

呪戸主任は舌打ちをする。

「当たり前だろ。公然と応援するわけねえだろ。地方公務員法第三十六条に『政治的行為の制限』っていうのがあるんだよ。お前もな、この市に来てからもう三ヶ月以上経って選挙権もあるんだからな、気をつけろ」

「……そうですよね」

秀也はうなだれた。

「まあまあ主任、そんなにきつい言い方をしないの」

蛍火課長が外回りの資料を持ってきた。

「でも、日曜の選挙の開票は手伝ってもらうからね、宵原くん」

「あ、はい」

市役所職員は、選挙がある場合、その手伝いにほぼ毎回駆り出される。それは秀也も今回の選挙を控えて、はじめて知ったことだった。

「それから宵原くんには今日、一人で外回りに言ってもらうから」

「え、一人ですか？」

秀也は急に身が引き締まる思いになる。朧月を離れるまであと一ヶ月を切った今になり、一人で外回りに行かされることになったのだ。

蛍火課長は秀也の前に資料を置く。

「行先は、豆山とおる選挙事務所。対応する妖怪《ようかい》は、弾《はじ》け達磨《だるま》だ」

3

――弾《はじ》け達磨《だるま》（朧月市条例指定妖怪　登録番号１３０）
古くなった達磨が物の怪《け》になったものであろうといわれている。人形や置物などが多数置かれている棚に、ある日突然現れる。建物内を弾けて回る。
昭和初期、千葉県のとある遊戯場での話。玉突《ビリヤード》を主な娯楽としていたこの店は、店主が縁起物を集めるのが趣味であり、熊手や破魔矢、招き猫に福助人形、その他伊勢神宮《いせじんぐう》や金毘羅《こんぴら》宮など日本中の寺社から集めた札などが店内に所狭しと並べられていた。あるとき、常連客の一人が、その中に見慣れない達磨があるのを発見した。またどこぞのガラクタ市で見つけてきたのかと店主に尋ねると、こんな達磨は知らないという。嘘をつけ、嘘ではないとの押し問答を、別の客が止めようとしたそのとき、達磨の片方しか入っていない目玉がぎょろりと動き、揺れ出した。怖くなったが三人は見守るしかなかった。達磨は飛び上がって天井にぶつかり床をめがけて落ち、再び弾けて壁にぶつかり、そこらを弾け回って店の中を壊していく。たまりかねて三人は店外に避難したが、達磨は小一時間ばかり、弾けるのを止めなかったという。その後、店内の縁起物はほとんど破壊され、店の営業は停止となってしまった。

余談であるが後にこの店主は、二十歳以上離れた年下の良家の娘と結ばれ、幸せな晩年を過ごしたという。これと達磨との因果関係は判然としない。

（出典：鍛冶《かじ》長治《ながはる》『昭和・その知られざる闇と怪異』）

豆山とおるの選挙事務所は、歩いて三十分ほどの距離にあった。日曜日の投票に向け、豆山本人は市内のあちこちを回って街頭演説をしているという。

「私、豆山の手伝いをしております、茶本慎二《ちゃもとしんじ》と申します」

出迎えた男は、名刺を渡してきた。年齢は四十くらいだろうか。

「豆山とは高校の同級生でね。まあ、こうしてあいつが市長選に立候補するとなったら、手伝いをせにゃならんということで」

ワイシャツにスラックス、赤いネクタイをしている。秀也も名刺を差し出して頭を下げる。

「宵原秀也と申します」

「どうぞどうぞ」

勧められるがまま、秀也はソファーに腰かけた。茶本は冷蔵庫から麦茶を取ってくると、ローテーブルの上に伏せられていたコップに注ぎだした。

「いや、暑いですね。こう暑いと妖怪のほうもたくさん出てくるんじゃないですか？　もう、べたりのなんかあちこちに」

「はい……」

自分は世間話が苦手だ、ということに秀也はこのとき初めて気づいた。

よく考えれば、今までは妖怪課の誰かしらが一緒に現場についてきた。市民との対応は、その課員が中心になってやってくれていた気がする。市役所の職員とはいっても、窓口の仕事ではない。その場合、市民との雑談も必要になってくるのだ。

「あの、早速で恐縮ですが、その達磨を」

麦茶をひと口だけ飲むと、秀也は話を切り出した。

「ええ。あちらです」

茶本は棚を指さした。この事務所に入ってきたときから気になっていた。選挙事務所に縁起物の達磨は必需品なのだろうが、右端の達磨だけ、やけに古めかしいのだ。本来朱色のはずの体はどこかくすんだ茶色だし、目に入れられている墨もはがれかけている。

今朝一番でやってきた女性が、事務所が荒らされているのを見て驚き、床のど真ん中にこれが置かれているのを発見したのだという。

「これに見覚えはないのですね？」

「ええ。スタッフの誰も、見覚えはないと言っています」

弾け達磨。ある日突然置物がたくさんならんでいるところに現れるという『マユツバ帖《ちょう》』の記述は正しかったことになる。事務所の女性の証言による、部屋が荒らされていたというのは、弾け達磨が夜のうちにこの事務所内を弾け回ったからに違いなかった。

「それじゃあ、この達磨をお預かりします」

秀也はカバンの中から妖気《ようき》ネットを取り出した。クロイチなので封じることもできない。秀也の役目はこれを一度、妖怪課のプレハブに持ち帰る事である。その後どうするかは、現物を見てから蛍火課長が判断するとのことだった。……つまり、達磨を持ち帰ってくるという、ただそれだけのことなのだ。だがこれも立派な公務である。

秀也はネットを達磨にかけ、持ち上げた。紙でできているのだろう、かなり軽い。これで逃げ出そうとしてももう逃げられないはずだ。

「じゃあ」

と挨拶《あいさつ》もそこそこに帰ろうとしたそのときだった。

ガラガラガラと引き戸が開き、背広姿の男が入ってきた。後ろからはのぼりをもった若者も二人ついてくる。

「ひゃー、ただいま」

「あっ、とおる」

立ち上がる茶本。

「どうしたんだ、街頭演説じゃなかったのか」

「ひゃー、こんなに暑くては死んでしまうよ。ちょっと休憩、休憩。なあ茶本、冷凍庫にアイスかなんか、入ってないのか」

茶本はため息をついた。

「あるわけないだろう。飲食物の提供は公職選挙法で禁じられている」

「お菓子はいいんじゃないのか」

「『湯茶及びそれに伴う程度の菓子』だけだ」

「このくそ暑いのに湯茶もないだろう。もうやってられないよ、選挙運動なんて」

豆山候補は額の汗を手拭《てぬぐ》いで拭《ふ》いた。

素朴な顔立ち。冴《さ》えないしぐさ。農業団体の後押しを受けて立候補したというが、本当に市長になる気があるのだろうか。タオルを頭に巻いて畑仕事をしている姿は、たしかに似合いそうではあるけれど。

「とおる、彼は市役所の妖怪課の宵原さんだ」

茶本に紹介され、宵原は立ち上がり、頭を下げた。

「宵原です」

「こりゃどうも。暑いですね」

豆山はにこにこしていたが、やがて秀也の脇に置いてある達磨に気づいた。

「あれ、それ」

「ええ、妖怪です」

「どうするんです?」

「市役所に持って帰って、対応を……」

すると豆山は表情を一変させ、立ち上がった。

「そりゃいけませんよ、君!」

今までの、素朴なイメージが変わった。

「達磨といったら選挙にはつきものの縁起物じゃない」

なぜこんなに彼が怒っているのか、わからなかった。

「豆山」

茶本がたしなめる。

「市役所の方の言うことに従いなさい」

「縁起物を手放せというのか」

「縁起物って言ってもな、これ妖怪《ようかい》だぞ。突然この事務所に現れて。気持ちが悪いと思わないのか」

「妖怪といったら憑きものだ。憑《つ》きは『ツキ』に通じるじゃないか。ますます縁起がいい」

豆山はふふふうと笑い始めた。休憩中のスタッフ二人も笑う。頼りなく、背も低いが、人とは違う度量は持ち合わせているらしい。こういう相手に何を言っていいのかわからない。がしかし、やはり市役所職員としては毅然《きぜん》と対応しなければならないだろう。

「申し訳ありませんが、やはりこれは」

「いやいやいや」

豆山は機敏に秀也のそばへ移動すると、ネットに入れられたままの達磨《だるま》を持ち上げた。

「今から選挙カーで演説をして回る」

「えっ？」

「この達磨を渡してほしければ、同行しなさい」

……どういうことだ？

「おい、二人とも、演説に行くぞ！」

豆山は給湯室の中に声をかけると、勝手に引き戸を開けて出ていった。「もう、今までへばっていたと思ったら元気なんだから」と笑いながら、二人のスタッフも慌てて出ていく。秀也もそれに続いた。

4

〈農作業にいそしんでいらっしゃるみなさま、毎度お騒がせしております。豆山とおる、豆山とおるが皆様のもとへご挨拶にうかがいました〉

選挙カーはのんびりと、畦道《あぜみち》を進んでいく。

見渡す限り緑の田んぼ。陽光がさんさんと輝き、農作業をする人々が手庇《てびさし》をしてこちらを見ている。

豆山とおるはワイシャツの上にタスキをかけ、窓の外に身を乗り出して手を振っている。こんなところで選挙運動をしても票は伸びるのだろうかと、彼の横で達磨を抱えたまま、秀也は疑問に感じた。

〈農業は朧月市を支えてきた産業。農業の改革は朧月市の改革です。この豆山とおる、皆様のご支援を受け、今回立ち上がることにいたしました〉

助手席の女性は嬉々《きき》とした声色で話し続ける。候補の票に貢献したいという思いより、アナウンスをしている自分の声に酔っているように見えた。

ワゴン車は田んぼの中を抜け、右折して市道に入っていく。ここは車通りが多い。周囲の車に合わせるため、スピードが上がった。豆山は顔を引っ込ませた。

「それじゃあこれから、予定通り忌原《いみはら》町のほうへ向かいますね」

運転手の男性が言った。

「街頭演説だったな」

豆山は懐から紙を出し、チェックを始める。原稿のようだ。

「そうだ、君」

秀也は原稿を渡された。

「私がちゃんと覚えているかどうか、聞いておいてくれないか」

「えっ」

一瞬ひるんだが、

「だめですよ。僕は公務員なので、特定の候補者の選挙運動の手伝いをすることはできません」

「って言ってもあれでしょ、自治体アシスタントなんでしょ」

これについては、つい、先ほど口走ってしまったのだった。

「そうですが、しかし」

「いいか、いくぞ……忌原町の皆様、お暑い中をご苦労様です……」

豆山は強引に演説の練習を始める。秀也はしかたなく達磨を傍らに置くと、豆山の言っていることが原稿と同じかどうかチェックしはじめた。

ワゴン車のスピードがずいぶん遅くなった。

「どうした？」

「渋滞ですよ」

運転手が答える。前方、車が止まっている。交通整理員と思われる男性が一人、道の脇を走ってきて、助手席の窓を叩《たた》いた。アナウンスの女性が窓を開ける。

「選挙運動、ごくろうさまです」

交通整理員は汗をかいていた。

「どうしたんだ?」

「この先、二十体ほどのべたりのがのたうち回っておりまして、ちょっと整理に手間取っていて」

またべたりのだ。朧月市の夏は、このシロ妖怪に苛《さいな》まれることが多いようで、市内の警備会社には「べたりの対応」という仕事が臨時で設置されるほどだという。

「お急ぎでしたら、その先の路地を左折して、住宅街を抜けて駅前通りに出ることをおすすめします」

「駅前、混んでません?」

「これよりはましでしょう」

交通整理員は頭を下げ、後ろの車のほうへ走って行った。運転手は振り返る。

「先生、どうします?」

「時間に遅れるわけにはいかないだろう。今言われた通りの道を行きなさい」

「はい」

ワゴンは住宅街の中へ入っていく。女性は我が意を得たりと、再びアナウンスを始めた。住宅街の中を通ることができるなら、こちらを通ったほうが選挙運動としては効果があるのではないかと秀也はちらりと疑問に感じた。

やがて知っている道に出た。あと百メートルほどで駅前ロータリーである。

「あれ、人が多いですね」

運転手が声を出す。たしかにロータリーには人がたくさん集まっているようだ。いったい、何だろう……？

〈朧月市民のみなさん！〉

マイクを通された声が響く。秀也ははっとした。あの声は……。

ロータリーに止まっている選挙カーが見えた。

鮒見候補が辞退したため、現在市長選の演説をしているのは二人しかいない。そのもう一人がここにいるのだ。

《朧月に明るい市政を　朽方忍》と書かれた看板を乗せた選挙カー。その屋根の上に、顔の細い七三分けの男がマイクを握っているのが見えた。夏の炎天下だというのに、いつも通りのかっちりした紫色のスーツである。

「おい、早く通り過ぎろ」

豆山も事の重大性を察知し、運転手に言うが、

〈おや、あそこを通りますのは、豆山候補ではないですか〉

朽方が目ざとく見つけた。ギャラリーたちが一斉にこちらを振り向く。

〈候補、ぜひこちらへ〉

「あんなことを言っていますが」

運転手はブレーキを踏む。もとより、道路を渡ろうとする人が多くてワゴン車を進めにくい状況なのだった。

「いいから通り過ぎろ」

〈市民の皆様の前で、お互いの政策について語り合おうではありませんか。豆山候補、ぜひこちらへ〉

朽方にあおられ、わあわあと市民たちの間から歓声が上がる。……どう見ても、朽方の支持者たちだった。

〈豆山候補、お逃げにはならないでしょうね〉

「どうしようどうしようどうしよう」

「こりゃ、行くっきゃないんじゃないですか」

助手席の女性が振り向いて焚《た》きつけた。

「わかったよ」

ドアは秀也のほうにしかない。豆山は秀也の体を乗り越え、ドアを開けた。しかし、朽方を相手に、この豆山が政策論争で勝てるのだろうか？　朽方は、唯一の対立候補となった彼を貶《おとし》めにかかるのではないだろうか？　ひょっとしてそのために市道にべたりのを……などと、あらぬ邪推までしてしまう。

「だめですよ、豆山さん」

秀也は立場を忘れて制止した。豆山はきかず、出ていこうとする。もみ合った結果、秀也は達磨《だるま》とともに暑い車外に転げ出された。わあわあと市民たちが騒いでいるのが聞こえる。

「いたた……」

秀也は頭を振りながら立ち上がり、達磨を探す。達磨はネットから飛び出て、比較的近くを転がっていた。ああ、よかったと手を伸ばした瞬間、達磨の目がぎょろりと動いた。

「えっ？」

ぽーんと達磨は弾《はじ》け跳んだ。

やっぱり妖怪《ようかい》だったのだ。でも、こんなときに動き出さなくてもいいじゃないか！

「す、すみません」

秀也は立ち上がろうとして、顔から、炎天下で熱せられたアスファルトの上に転げた。足元がもつれたのだ。

「ああっ」

とんとん、ぴーひゅるる、とんとん、ぴーひゅるる……炎天下でも元気な結人たちが踊っている。秀也の靴紐《くつひも》を結びつけてしまっているのだった。

「なんで妖怪の出現が重なるんだ」

秀也は靴紐を解《ほど》きはじめる。結人たちは夏祭りとでも言いたげに、楽しそうに踊っている。豆山は街頭演説を聞きに来た市民たちの間を抜け、朽方の選挙カーに向かっていた。空高く弾ける達磨。解けない靴ひも。もう、めちゃめちゃだ。

「どうぞ」

女性の声がして、ハサミが差し出された。

天の助けだ。どこにでも優しい人はいる。

「あ、ありがとうございます」

秀也はそれを受けとり、すぐに違和感を覚えた。……鉄じゃない。石でできたハサミなのである。

「宵原さん」

女性は秀也の名を呼んだ。手を止め、顔を上げる。

「どうも、お久しぶりです」

縁なし眼鏡の向こうで、彼女はにっこりと笑っていた。

——元朧月市役所妖怪課・骸山支部所属の職員、柘榴田茉希だった。

5

一人で入る風呂《ふろ》は寂しい。

秀也だって物心ついた時から一人で風呂に入ってきたのだが、この朧月市に来てからは違った。顔を洗うときに呪文《じゅもん》を洗い流してしまうため、長屋歪が出てきてしまう。その長屋歪が風呂全体と浴槽を広くするため、1LDKの浴室にもかかわらず、足をのばして浸《つ》かることができるのだ。

だが、先日フランケンシアターで、長屋歪は〈揺炎魔女計画〉に退治されてしまった。あの日、日名田の前で思い切り泣いてから少しは気持ちの整理がついたものの、やはりこうして狭い風呂に入っていると、寂しくなる。

秀也は昼間に会った柘榴田のことを思い出していた。

「宵原さん、どうして豆山候補の選挙カーに?」

彼女は、かつて同じ仕事をしていたときのように淡々と聞くと、縁なし眼鏡をずり上げた。

「え、ああ、いや……」

「お顔の呪文はどうなさったのですか?」

先日、あなた方とつながっているはずの〈揺炎魔女計画〉に退治されてしまったのだ。言いたかったが何も言葉が出ず、石造りのハサミで靴紐を切って立ち上がる。

いつの間にか、豆山候補は朽方の選挙カーの上に上り、自らの農業政策をぶちまけていた。聴衆たちの心が動かされている様子はない。

「柘榴田さん」

豆山の声が響く中、秀也は声をかけた。

「どうして妖怪課を裏切ったんですか？」

「裏切る？」

柘榴田は肩をすくめた。

「心外です宵原さん。私にとって妖怪課は腰かけだったんですから。私の理想は、政治家になること。そのステップとなるチャンスが巡ってきたのだから、それに乗ることにしたのです」

「だからって、柘方の味方とは」

「私の目指す先は中央の政治、国会議員ですよ」

柘榴田は、聞き分けのない子供に言うように声をかぶせてきた。口調こそ変わらないが、以前の控えめなイメージとは全然違っていた。

「彼の右腕として働くことも、ステップのひとつにすぎません」

彼女は選挙カーの上の柘方を眺め、そう言った。

「いずれにせよ、こんな田舎の市の市役所で一生働くなんて、夢として小さいとは思いませんか」

夢。……またこの言葉だ。

市役所には夢がないのだろうか。地方自治体の公務員として、住民のために働く仕事に夢はないのだろうか。

――公務員が夢を見ない自治体に、住民を幸せにすることなどできない。

亡き父親が秀也に遺《のこ》した言葉。この言葉の意味を探すべく、秀也は自治体アシスタントになったといっても過言ではない。しかし、こうして朧月市で働きはじめて、その意味に再び向かい合うことが多くなった。果たして自分の、公務員としての夢とは何なのだろうか。住民を幸せにするというのはどういうことなのだろうか……。これまで数ヶ月、ともに仕事をしてきた妖怪課の面々の顔を思い浮かべる。

「夢の大きさを、比べることができるんですか？」

気づくと秀也は、そんなことを言っていた。

「なんですか」

「誰かの夢と誰かの夢を比べることなんてできるんですか。国会議員という夢が、市役所職員という夢よりも大きいなんて、誰が決めたんですか？」

柘榴田は顔を傾け、少し考えた。しかしやがて、うなずくようなしぐさをすると、路傍の草しげみに近づき、二つのこぶし大の石を両手にひとつずつ拾い上げた。

「この石たちはともに同じくらいの大きさですね」

彼女は左手に持ったほうの石を落とし、右手の石を両手に持ち替え、力を入れた。石は見る間にぐにゃぐにゃと曲がり、ハートの形になった。……秀也もかつてともに働いたときに見たことがある。彼女は「岩突姫《いわつきひめ》」という妖怪の力を持ち、触った石の形を粘土のように自在に変えることができるのだった。

「しかし、手を加えると、人々の心をつなぐものとなる」

再び手に力を込める。石はドーナッツのような形になった。

「こうして、人の輪を作ることもできる。一方、手を加えない夢はどうですか？　あんなものです」

草むらの中に落とされた、ごつごつした石。

「夢は大事です。ですが、夢を夢のまま放っておいても、形になる日は訪れません。大事なのは夢の大きさそのものではなく、夢に自らの手を加えて形にすること。そのためにはどんなチャンスも逃さないことなのです」

柘榴田の口調は熱を帯びていた。

「私はかつて、東京で国会議員の秘書をしていました。いずれは議員になることを夢見ていました。しかし、先生が汚職に巻き込まれたことにより、その夢は途絶えてしまいました。……この夢、朽方さんに頂いたこの夢だけは、逃すわけにはいかないのです」

野心。燃える炎にも似た言葉を秀也は感じた。

それは、自分自身が思い描いたことのない熱でもあった。市役所職員として住民の役に立つ。住民に率先して夢を見る仕事をする。……抱き続けてきたこの理想が、この上なくちっぽけで独りよがりのものだと言われている気がした。

一体自分は、何のため、どういう理想、どういう夢を追いかけて、この朧月市までやってきたのか。

――長屋歪のいない〈すこやか荘〉の風呂。小さな浴槽が、自分という人間のサイズのような気さえして、滅入《めい》りそうになってしまうのだった。

いつの間にか、湯も冷めていた。

秀也は上がり、足ふきマットの上で体を拭《ふ》きはじめた。

そのとき唐突に、激しく扉がノックされた。

「えっ？」

この激しい叩《たた》き方はひょっとして長屋歪……あいつ、退治されたふりをしてどこかで生き延びていたのではないか？　いや、妖怪《ようかい》が「生き延びる」というのは何とも変な表現だけれど……。

「宵原さん、いらっしゃいますか？」

その声は、長屋歪のものではなかった。女性だ。

「どなたですか？」

「旗手《はたて》です」

旗手久美子《くみこ》。黒乃森前市長の第二秘書。そういえば、黒乃森前市長が追い落とされてから、会っていない。

「すみません、今、風呂から上がったところでして」

「ここでお待ちしております」

慌てて服を着て、髪の毛を整え、秀也はドアを開けた。

スーツ姿の旗手久美子が立っていた。

「どうしたんですか？」

「市長……いえ、前市長の黒乃森がお待ちですが、来ていただけますか？」

「え？」

一体、何の用なのか？

「わ、わかりました」

秀也は鍵《かぎ》と財布を取り、部屋を出た。

6

〈とりもと〉というその店は、古びた赤提灯《ちょうちん》の店だった。店内の壁はところどころ黒くなっており、何らかの妖怪が封じ込められているのではないかと思われるほどだった。

カウンター席が五つのみ。つるつる頭の七十歳くらいの店主が、腰を曲げたまま一生懸命焼き鳥を焼いている。

「わざわざ来ていただいてすみませんでしたね」

黒乃森前市長はお猪口《ちょこ》を傾けながら、お辞儀をした。レンズの大きいサングラスが、こんな店の中でも怪しい。旗手はその向こうでウーロン茶を飲んでおり、その他に客はいない。

「いったい、どうしたんですか？」

秀也は目の前に出された生ビールのジョッキを一口飲んでから、市長に尋ねた。

「日曜日の市長選について、宵原くんとゆっくり話したかったものでね。まずは、好きなものを焼いてもらうといい」

店内にはお品書きの札が貼ってある。「かわ」「レバー」「はつ」「せせり」など普通のメニューだが、朧月市のことなので本当に焼き鳥なのかどうかも怪しい。秀也はとりあえず注文を保留した。

「では、お任せで」

黒乃森が代わりに注文をすると、店主はこくとうなずいた。

「宵原くん。今日、豆山候補の選挙カーに乗ったそうですね」

「ええ……」

なんとか弾け達磨を捕まえて役所に帰った時に今日のことは報告してある。おそらく、蛍火課長から聞いたのだろう。

「鮒見が立候補を取り消した今、必ずや豆山候補に当選してもらわなければなりません」

今日、駅前ロータリーで行われた即興の政策論争では、豆山候補は農家の補償問題を一番に取り上げ、妖怪退治に関することは現状のままで問題ないと主張していた。つまり、妖怪課の存続のためには、心情的にやっぱり豆山候補を勝たせたいのである。

「しかし、世論では圧倒的に、朽方さんのほうが有利ですが」

「朽方の市長当選は、阻止せねばなりません」

いつになく強い口調で言うと、黒乃森はお猪口を口に運ぶ。旗手が横から酒を注ぎ足した。

人間と妖怪の共存は朧月市の原風景。これが彼の主張だ。しかし今日の彼には、もっと強い思いが隠れているように秀也は感じた。かつて第一秘書だったが裏切った朽方への、憤り……それとも、朽方と通じているらしい狸使いの藪坂との因縁……さまざまな要素が渦巻いていそうだった。

「実は、彼を追い込むスキャンダルの情報を、得たのですよ」

「スキャンダル？」

「ええ。政治活動には、相手のスキャンダルをうまく使うことが不可欠です。私自身、それで足をすくわれたわけですけれどね」

自嘲《じちょう》気味な笑みが、その唇に浮かんだ。

黒乃森は先日の市議会において、対立する狸使いの市議会議員・藪坂光邦により、ある行為を不正扱いされて追及され、市長を辞職したのだ。

しかし、あの四角四面の朽方忍に、スキャンダルなどがありうるだろうか。女性関係は潔癖そうだし、金に汚いようにも見えない。だとしたら、別の不正……市長としての資質にふさわしくないと一般市民の間にもわかりやすい不正だ。

ガラガラガラと慌ただしい音がして、引き戸が開いた。

「たのもう、ききっ！」

この、金属同士をこすり合せるような声は。

「あっ、ヨイハラの旦那《だんな》じゃねえかっ」

入ってきた影は秀也のもとへ飛んでくると、いきなり両手で胸倉をつかんできた。妖怪、わけしり口だ。

「あんた、どうしてあにいを守ってくれなかったっ！」

顔じゅうを這《は》いずり回っている唇から唾《つば》をまき散らし、妖怪は怒鳴り始めた。

「そ、そんな……」

「あにい、あにい……」

そう叫びながら、今度は両目からボロボロと紫色の涙を流し始める。

たしかに秀也が呪文《じゅもん》を消して彼を解き放たなければ、長屋歪が退治されることはなかった。そこに責任は感じている。

「ごめん」

秀也はわけしり口の肩に手を置いた。

「あにい……」

むせび泣き続ける妖怪の姿を見ていて、秀也の中にも、また、あの感情が湧き上がってきた。悔しい、寂しい、悲しい……この市にやってきて以来取り憑《つ》いていたあの妖怪がいなくなってしまったことへの思いが、この古い店構えの情緒と共に身に染みる。

「わけしり口、こっちに座りなさい」

黒乃森が秀也とは逆の隣の席を指さしていた。さっきまでそこに座っていた旗手はもう一つ向こうに移動していた。

「ほら」

いつの間にか、わけしり口の分のお猪口まで用意されていて、黒乃森は熱燗《あつかん》を注いでいた。

「はい」

わけしり口は涙を拭きながらその席に座り、お猪口を取り、縫い合わされた口に運んで「あちっ！」と叫んだ。

「そっちの口じゃ、飲めないでしょうに」

「そうでした、きききっ」

わけしり口は首を振ると、額に移動した唇に、お猪口を運んですすった。

「宵原くんだって、わざと長屋歪を退治させたわけじゃないんだ」

「ええ、わかってますとも。すみませんでした」

悲しげに言うと、わけしり口は黒乃森の前の皿から勝手に砂肝の串《くし》を取り、額の口に運んだ。これは条例で禁止されているはずの妖怪《ようかい》の餌付《えづ》けになるんじゃないか。秀也はちらりと心配になったが、前市長のしていることだし、言い出せるような雰囲気でもなかった。

「クロノモリさん、あの女どもは、ほんとにひでえやつらですよ。ききっ」

　わけしり口は興奮しはじめた。

「女ども、と言いますと？」

「〈揺炎魔女計画〉に決まってるじゃないですか。おいら、それとなく妖怪どもに聞いて回ったんですがね、あの女どもが夜な夜な、妖怪の塚の封印を解いているところを見た連中がわんさかいるんですよ、ききっ！」

「つまり、自分たちで妖怪の封印を解き放ち、退治して回っては、住民の支持を得ているということだな？」

　瞬入道の件もそうだということはもう明らかだ。先日のただばしりだって、彼女たちの指示で一般人が封印を解いたのだから同じである。

「なんて卑怯《ひきょう》なやつらなんだ！　ききーっ、きっ！」

　わけしり口はカウンターをだんだんと叩《たた》くと、徳利《とっくり》を持ちあげ、頰に移動した唇に流し込んだ。縦になっているので、唇の端から日本酒が大量にこぼれ出た。

「しかし、現場を押さえないことには」

　秀也が言うと、

「ヨイハラの旦那、それがですね」

わけしり口はくいっと顔を秀也の方へ向けた。

「〈揺炎魔女計画〉と朽方の野郎は、封印を解く妖怪を決めるために、毎回、ヤブサカの家に集まって会合を開いてやがるんですよ」

驚いた。

「それは、本当か？」

「本当ですとも。腕っ節の強い松竹鬼《しょうちくおに》に頼んで、ヤブサカの腰ぎんちゃくの空豆狸をとっ捕まえてもらって詰問したんです」

やはり、藪坂議員と朽方忍はつながっている。しかも、〈揺炎魔女計画〉までからんでいるとなると、これは朽方を市長に祭り上げる組織的な陰謀とも捉《とら》えることができるのではないか。

「しかし」

黒乃森が熱燗を一口飲んでから言った。

「証拠がありません」

「おいらが証言してやる！　ききっ」

「妖怪の言うことに信憑性《しんぴょうせい》があると思うか」

黒乃森はわけしり口を一喝する。……それはそうだ。妖怪なんて、この朧月市の外では存在すら信憑性がないのだから。

「じゃあ、どうするんですか？」

「空豆狸からの情報じゃ、クチカタ陣営は市長選に向けて民間の妖怪退治の必要性をさらにあおろうとしているってことですぜ、ききっ」

「何？」

「クチカタ自ら、斑爪百穴の塚を暴くんだそうで」

「そこを押さえるのです」

「松竹鬼には、さらに張り込みを続けてもらってやす。本番が来たら、おいらが情報を届けますや、ききっ！」

わけしり口がカウンターを叩くと同時に、黒乃森が秘書の旗手久美子に何やら合図をした。

「はい」

旗手は返事をすると、カウンターの下から荷物を取り出した。それは、二台のデジタルビデオカメラだった。一台は古い型だが、もう一台は、〈揺炎魔女計画〉のりんねが持っているものよりもさらに性能のよさそうなものだ。

「宵原くん、斑爪百穴は一般の人間が入ると危険な場所です。どうぞ、妖怪課のみなさんで協力して」

「え、ええ……」

現場を、妖怪課が押さえろということなのだ。

黒乃森は背広のポケットから何やら葉っぱを二枚取り出すと、その表皮を薄く剝《む》いていった。そして、デジタルビデオカメラのレンズに貼り付ける。

「月下真目《げっかしんもく》の葉です。化け妖怪もこの表皮を通して見れば、真実の姿を晒《さら》す。藪坂議員が後ろについているとあれば、化け狸を大量に動員してくるかもしれませんからね」

彼は、二台のカメラを秀也の前に置いた。

「ふふふ」

黒乃森の口元に残忍さにも似た笑みが浮かぶ。

「これ以上、朧月の市政を藪坂の好きにはさせないんですよ」

この人はやはり政治家だと秀也は思った。背筋がぞわりとして、何かを流し込みたくて、一気にビールを飲んだ。泡が鼻に入ってくる。

「ヨイハラの旦那！」

わけしり口が叫んだ。

「長屋歪のあにいの敵を討ってください、きききっ！」

秀也は押されて、うなずいた。

7

「しかし市長も、面白いことを考えるわよね」

鎌首が乗り気な口調で笑った。もう「市長」ではないのだが、いつまでもこの呼び方に愛着があるのだった。

「やりましょう、やりましょう」

「楽しくなってきた、ははは」

氷室と赤沢の二人も笑っている。蛍火課長もうなずいていた。

勤務時間前、いつもの朧月市役所妖怪課プレハブだ。

「あの、みなさん」

秀也は盛り上がる一同に向かって手を挙げた。やはり、昨日から引っかかっていることが一つあるのだ。

「公務員が、市長選の特定の候補者を貶《おとし》めるようなことをしていいのでしょうか？」

一同は眉《まゆ》をひそめた。一番早く口を開いたのは赤沢だった。

「宵原、お前、いまだにそんな甘いことを言ってんのか」

「でも……」

「そうですよ。朽方は黒乃森市長を裏切った悪者ですよ」

氷室が訴える。

「この妖怪課も潰《つぶ》そうとしてるし」

鎌首も加勢した。

「あんただって妖怪課は自分が公務員としての一歩を踏み出した場所だって言ってたでしょ」

「ええ、そうなんですが」

秀也はなんだか釈然としなかった。

「宵原さんは、きっと、市役所の職員として正当な仕事ではないという点が気になるんですよね」

日名田ゆいが入ってきた。くりくりした目で秀也を見つめる。……ああ。そういうことだと秀也は感じた。そして少なからず、彼女も秀也と同じ思いでいるようだった。

「そう、そうです」

「ふーん……」

ソファーに沈み込むように座り、唸《うな》るような声を出したのは、蛍火課長だった。

「しかしね、宵原くん。朽方さんは今のところ、市長にはなっていない。現在の市長代理はこないだまで副市長だった龍居さんだ」

「ええ、そうですね」

「黒乃森前市長が辞任した時点で、朽方さんは秘書の職も失ったことになる。いわば、無職だね」

「え、ええ……」

それは間違いない。

「一方、彼が〈揺炎魔女計画〉を動かして、人為的にクロニ妖怪《ようかい》やクロサン妖怪の封印を解き、朧月の市民を危険な目にさらしているとしたら、これは立派な条例違反だね」

「そうなりますね」

「一介の無職の男が、市で管理している妖怪の封印を解こうとしている。これを阻止するとすれば、誰が妥当か」

「ええと……それは」

はっはっは、と赤沢が笑い出した。

「市役所の妖怪課に他ならないな。どうだ、正当な論理じゃないか」

蛍火課長は「そのとおり」とうなずいた。

「市内の妖怪に関する一切の仕事は、今のところまだ、この妖怪課に任されているんだよ。封印暴きの情報が入ってきた時点で阻止しなければ公務員とは言えない」

「たしかに」

秀也もうなずかざるを得ない。そもそも、妖怪課の課長である蛍火課長が言うのだ。

ちらりと日名田ゆいを見ると、彼女も秀也と同じように心変わりをしているようだった。

「わかりました。それでは黒乃森市長の計画通りにしましょう」

「いいね。主任も」

蛍火課長は奥のデスクに腰かけている主任のほうに顔を向けた。秀也はそのときまで、主任がいつものように口を挟んでこなかったことに気づかなかった。大幣《おおぬさ》をパソコンのキーボードの上に置き、腕を組んだまま難しい顔をしている。

「主任、どうしたの？」

鎌首が訊《き》いた。

「いやな、……朽方の目的はどこにあるのかと思って」

「目的？　そんなの、朧月市内に妖怪が出る危険性を増やして、条例改正の必要性をあおり、自分の支持につなげることでしょ」

「それだけだろうか？　あの男、いずれ国政に打って出るつもりなんだろう？」

それは以前、黒乃森が言っていたことだった。

「前にも言ったんだが、あいつ、妖怪を使ってもっとデカい何か企《たくら》んでるんじゃないか？　なんか、危険なにおいがするぜ」

プレハブ全体が、どんよりとした空気に包まれた。今自分たちは、とんでもないことを相手にしようとしているんじゃないだろうか……誰もがそう感じているようだった。

「すいやせん、開けてください、すいやせん、ききっ！」

金属のような声がして、引き戸が叩《たた》かれる。一番近くにいた秀也がドアを開けると、そこにはわけしり口がいた。

「朝からすいやせん。たった今、陣羽烏《じんばがらす》のやつが、情報をもってきました」

「何？」

「先ほど、ヤブサカ議員の家でクチカタと〈揺炎魔女計画〉の会合が開かれたそうです、ききっ！」

妖怪課の面々の間に、緊張の糸が張りつめた。ついに、きたか。

「それで、彼らは何を企んでいるんだ？」

秀也が尋ねると、わけしり口の顔の上をせわしなく、唇が三周回った。そして額の中央でぴたりと止まり、

「今夜十時、斑爪百穴に行って、何かの妖怪を解き放つそうです！」

秀也は妖怪課の面々を振り返る。一同は、戦慄《せんりつ》にも似たような表情を浮かべていた。

「よし、やつらの不正の場を押さえるということだな」

課長が言った。

「今日の勤務終了後、全員ここに集合し、夜を待つことにしよう」

呪戸主任が立ち上がる。

「課長、その前に一度帰宅してきていいですか？」

「え、どうして」

「今夜のこと、万全の態勢で臨みたいので」

8

九時五十分を過ぎた。

夏の闇夜を生暖かい風が渡っていく。時折、空のどこかからヴーンという音が聞こえ

る。

杉の木がまばらに生えた山。うねうねとミミズが這《は》うように張り巡らされた石段。その途中途中に、墓石のようなものがぽつりぽつりと置いてあるのだった。

これらはすべて、封印塚、しかもクロニかクロサン妖怪のものである。戦後になってGHQの指示で朧月の地に妖怪を封じるための市が作られることになった直後、全国から朧月へ連行された妖怪たちが次々と封じられた地だそうだ。このとき、マッカーサー元帥の要請で来日し、封印事業の指揮を執ったのが、アメリカ悪魔封じ史に名を残す有能なエクソシスト、ジェームズ・E・マドゥロー（秀也は聞いたことがなかった）である。生まれてから切ったことがないという右手の長い爪から放たれる霊力により次々と妖怪を封じていく彼の前に、日本の霊能力者たちは呆然《ぼうぜん》とするばかりであり、「こんな男がいる国に日本は戦争をしかけたのか」と震える者もいたという。ともあれ、この朧月市最古にして最大の妖怪塚の集合群は「マドゥローの爪」から名を取って「斑爪百穴」と呼ばれるようになったのだ。――赤沢が得意げに話したこの地の由来を、秀也は胡散臭《うさんくさ》い気持ちで聞いていた。

しかし、現に目の前には妖怪の塚がそこかしこにある。

朧月市の中でも最も危険な地帯として山全体が立ち入り禁止になっており、昼間でもふもとまで近づく人間は一人もいない。妖怪課の職員ですら近づくことは稀《まれ》であり、数ヶ月前、商店街に蛞蝓時雨《なめくじしぐれ》（クロサン妖怪）が出現したときに、封印が解かれているのを呪戸主任が確認しにきただけであった（ちなみにそのとき主任は、塚が壊れているのを土砂崩れのせいだと判断したのだった）。

〈揺炎魔女計画〉と朽方を待ち伏せるため、妖怪課の面々は三グループに分かれて、斑爪百穴の方々に散らばっていた。秀也とともにいるのは、赤沢だ。二人は石段のすぐ脇の茂みの後ろにしゃがんでいた。赤沢は妖怪課のタブレットPCを使って、他のグループと連絡を取りあっていた。声を立てると隠れていることがわかってしまうからである。

「宵原」

声を立ててはいけないと打ち合わせをしたにもかかわらず、赤沢は話しかけてきた。

「なんですか？」

秀也は小声で訊きかえす。

「お前、日名田のこと、どうするんだ？」

「えっ？」

不意打ちだった。

彼女に対しては今まで、好意というような感情しかなかったが、長屋歪の一件以来、積極的に好きだという気持ちが芽生えている。このまま付き合いたいという気持ちもある。だけど、自分は自治体アシスタントなのだと、秀也は自分に言い聞かせていた。

他の自治体を見たいという気持ちはやっぱり強い。ただ、この話題については、豚汁の夜以来、彼女とはじっくり話し合っていないのだ。

「お前、本当に、今月中に朧月を出ていくつもりなのか」

「はい……その、もう、自治体アシスタント登録センターに書類は送付してしまいましたし」

「でも、残りたいっていう意思を告げれば、それ、撤回されるんだろ？」

「え、ええ、まあ……」

今する話じゃないじゃないかと思ったが、言えなかった。特に相手が赤沢では、それなりの誠意を見せなければならないという気持ちもある。

だが、なんと言えばいいのか……。

「俺な、土曜日、見合いをすることにしたんだ」

赤沢はタブレットＰＣから目を離さないまま、言った。

「え？」

「相手は消防署の署長の一人娘でな。まだ写真しか見てないんだけれど、いい感じなんだ。俺もそろそろ、身を固めなきゃいけないからな」

どういう気持ちで言っているのだろう。

「だから、日名田のことはお前、好きにしろ」

「好きにしろって、赤沢さんはそれでいいんですか」

静かにしなければいけないのに……一体自分は何を聞いているんだろうと思った。

「それでいいんですか、はこっちのセリフだ」

赤沢は小声のまま興奮していた。口の端に泡が浮かんでいる。

「だって僕は……」

「勘違いするな。俺は別にお前にこれ以上朧月にいてほしいとは思わない。小夜仙がついていようがいまいが関係ない。お前なんかいなくても十分、妖怪課はやっていける。市長が誰になろうが知ったことか」

「はい。まあ……」

赤沢は秀也の顔を見つめた。

「あいつ、本気だぞ」

何も言い返せなかった。

わかっている。こっちだって気持ちは本物なのだ。日名田ゆいの気持ちをどうするか……このまま……。

そのとき、赤沢の手の中のタブレットPCの画面が明るくなった。メッセージを受信したのだ。見ると、蛍火課長からだった。

――べんべんがろむの封印塚の付近にて、朽方と藤堂を確認。

朽方と藤堂……。〈揺炎魔女計画〉の二人で来たのではないのか。それにしても「べんべんがろむ」とは何だろう？　秀也が不思議に思っていると、

「べんべんがろむ……恐ろしいクロサン妖怪だぜ。聞いただけで背筋が凍る」

赤沢はPCの画面を切り替えた。斑爪百穴の地図になっている。スクロールして拡大

するとと、封印塚の近くに封印されている妖怪の名前が表示されている。

べんべんがろむの塚は、秀也たちがいる場所から見てちょうど山の反対側にあった。ぐるりと回ると四百メートルくらいはあるだろうか。

タブレットＰＣが再びメッセージを受信した。

「え？」

それを見て、赤沢が声を出す。呪戸主任が率いているもう一つのグループだった。

——神弁邪鬼《じんべんじゃき》の塚付近に、朽方と藤堂、発見。

呪戸主任のほうにも？　しかし、地図を見ると、べんべんがろむと神弁邪鬼の塚もまた、三、四百メートルほど離れていた。

「どういうことだ……？」

一度に二か所に同じ人物が現れた？

——こっちにもいる。

——こちらも、間違いない。

二つのグループはメッセージのやりとりで混乱していた。

「あれ？」

秀也は茂みの向こうに気配を感じ、目をやって声を上げげた。十メートルほど前の石段を、二つの人影が登っていくのだった。一人は紫紺のワンピースをまとった長い黒髪の女性、藤堂菫。そしてもう一人は、紫色のスーツを着た細身の男……現在朧月市長選挙に立候補中の朽方忍だった。

ぞわりと背中に寒気が走る。同じ時間に、離れた三か所に、同じ人物のペアが現れている……墓石のように点在する封印塚の間を、再び風がすり抜けた。

――こちらにも、朽方と藤堂がいます。

赤沢がメッセージを送る。

――こちら、追跡を開始する。雉淀《きじよど》の封印塚の三叉路《さんさろ》に向かう。

蛍火課長のグループだった。

――こちr
ここまで打ち込んだところでタブレットPCに文字が入力できなくなった。興奮した赤沢の手が蟹《かに》に変化してしまったためである。甲殻類の殻に画面は反応しないのだ。

「貸してください」

秀也は彼の手からタブレットPCを受け取った。続きを打ち込もうとしたところ、呪戸主任のほうから新たなメッセージが届いた。

――気をつけられたし。狸系妖怪の可能性あり。

はっとした。朽方のバックには狸使いの藪坂議員がついている。そういえば、わけしり口は昨日、空豆狸とやらを捕まえて事情を問いただしたと言っていた。その空豆狸から、逆に、妖怪課に情報がリークされていることが向こうに知れているかもしれない。

いや、確実にそうだろう。

　ということは、朽方サイドは、今、妖怪課がここに張り込んでいることを知ったうえで狸たちを率いて斑爪百穴に乗り込んできたのか……？　可能性は大いにある。……これは、罠《わな》なのか？

「何ぐずぐずしてんだ」

　赤沢がたしなめた。朽方と藤堂はすでに、石段のかなり高いところまでのぼり、右にまがっていくところだった。頂上に向かっているのだろうか。

「追いかけるぞ」

　彼は口角から泡を飛ばし、茂みの表へ出ていった。両手はすでにごつごつした赤いハサミになっている。作業着姿のまま身を低くし、横這《よこば》いで音もなく石段を登っていくその姿は、蟹そのものと言っていい。

「待ってください」

　秀也も、彼の後を追いかけた。

　ヴーン。さっきの音がまた聞こえた。

　くねくねした石段を、気づかれないようについていく。寒気を感じているはずなのに、背中にはびっしょりと汗をかいていた。

　それから五分ほどが経過したとき、再びメッセージを受信した。

　――死壇鹿《しだんしか》の塚のほうへ向かっている様子。

　――こちらも死壇鹿のほうへ。

蛍火課長と呪戸主任からのメッセージだ。地図で確認すると、死壇鹿という妖怪《ようかい》の塚は山の西側の中腹にあり、少し開けている場所のようだった。そして今、秀也と赤沢がつけている朽方と藤堂の二人もそこへ向かっている最中だ。……それにしても、二人とも会話もせずに黙々と石段を登っていく。一度も振り返らないのは尾行している側にとっては都合がいいが、どこか気味が悪かった。やはりこの二人は本物ではなく、狸なのだろうか。

「死壇鹿だと……？」

横這いの赤沢が小声で舌打ちをする。

「そんな妖怪を解放したら、選挙どころじゃなくなるぞ」

赤沢の発言に、秀也は足がもつれそうになった。

ヴーン。木々の上のどこかで、また音がした。

9

——死《し》壇鹿《だんしか》（朧月市条例指定妖怪　登録番号３３３）☠☠☠
かつて大和国《やまとのくに》の山奥に棲《す》んでいたという妖怪。外見はごく普通の鹿に似るが、口の中が玉虫色に輝いている。めったに人前に現れないが、山で道に迷った旅人や猟師の前に出てくることがある。この妖怪に会った時には、口の中から放たれる霧に触れてはいけない。すぐさま腫《は》れ物《もの》ができ、三日ほど高熱にうなされた末、腫れ物を突き破って鹿の角のようなものが現れるからである。この角が出た者は、七日七晩痛みに苦しみ、やがて真っ青になって死んでしまうという。

（出典：西文草《にしぶんそう》『妖聞録《ようぶんろく》・上巻』）

それは、なんとも不思議な光景だった。

鹿の角が生えたような石造りの塚の前に、六人の男女がひしめき合っているのである。朽方忍、藤堂菫、朽方忍、藤堂菫、朽方忍、藤堂菫。まったく同じ身なりの二人が三組だ。六人は塚の上に手をかざし、何かをブツブツとつぶやいている。

「宵原、こっちだ」

赤沢の合図で、茂みの中を移動する。するとそこには、蛍火課長と氷室閃助《せんすけ》の二人がいた。

「おお、二人とも」

蛍火課長は小声で言った。

「課長、あれはどういうことですか？　やっぱり、狸でしょうか」

「たぶん、そうだとは思うが……」

「間違いないぜ、狸だ」

背後の茂みから、呪戸主任のグループがやってきた。後ろからついてきているのは、日名田ゆいと、鎌首玲子である。主任は古いほうのデジタルビデオカメラを回していた。

「ほら、見てみろ」

モニターを一同に見せる。すると、死壇鹿の塚の周囲でブツブツ言っている六人が、まったく違う見た目で映し出されているのだ。頭上に出た二つの耳、毛むくじゃらの背中、そして大きな尻尾《しっぽ》。間違いなく、狸だった。

焼き鳥屋で、黒乃森前市長がレンズに貼り付けた、月下真目の葉の威力だろう。化け防止フィルターといったところか。

「しかし、本物の藤堂と朽方は？」

「どこか別のところで妖怪の塚を暴いているということだろう。俺たちが潜んでいるのを知って、ここへおびき寄せたんだ」

主任はうなずき、なおも死壇鹿の塚の周りの六人を撮り続けている。主任だけではない。秀也以外の六人の妖怪課の面々は、じっと偽朽方と偽藤堂の姿を観察していた。

「あの……」

たまりかねて秀也は言った。

「ということは、早く本物の二人を探したほうがいいんじゃないですか？」

「ああ、わかっているんだけどね」

蛍火課長が、塚の方から目を離さず答えた。

しかし誰も、動き出そうとする気配を見せない。

ひょっとして、やめられないのではないか。秀也は、以前黒乃森前市長の家に潜伏していた復々狸《ふくふくだぬき》という妖怪のいたずらの様子を見ている。狸のいたずらは、周りの人間を変な強制力でがんじがらめにするのだ。秀也だけは小夜仙の「夜の帳《とばり》」に守られているので、この影響を受けない。

その場に、釘で打ちつけられたように動かない六人。どうしよう。このままでは……。

ヴーンと、頭上でまた音がした。

秀也は背後を振り返って、ぎょっとした。茂みの中に、大きな男がいるのが見えたのだ。一人ではない。けっこうな人数だ。

「ちょっと、みなさん！」

秀也は叫ぶ。同時に、大男たちはがばりと立ち上がった。

ざっと、三十人はいようか。皆まるまると太っていて裸だ。頭上には髷《まげ》、腰にはまわし……力士だった。朧月市随一の妖怪封印塚の地、斑爪百穴に、三十人の力士が現れたのだ。

「うっす！」

先頭の男が号令のように叫ぶと、力士たちは「うっす！」「うっす！」と、七人のほうへ向かってきた。

「わあ！」

秀也の叫びとともに、六人も我に返ったようだった。だがもう遅かった。どしどしと走る力士たちの群れはスピードがあり、七人は一気に呑《の》まれてしまう。

「うわあ」

「落ち着け氷室。全部化け狸だ」

ビデオカメラを回している主任は、かつぎ上げられながら、まだ冷静だった。

「そんなことを言っても」

氷室の両手首から先は落ちていた。首から下げられたビンのフタはあけられ、赤いトカゲがちろちろと舌を出している。

「うっす！」「うっす！」「うっす！」

力士たちは七人を持ち上げた。相手が狸とはいえ、力は強い。

「わあ！」

もがいても、抵抗できる力ではない。頭上に何かが光っていて、ヴーンと聞こえたが、もうそれはどうでもよかった。

七人は抱えられたまま、あれよあれよと斜面を下り、ふもとのフェンスの向こうに投げられてしまった。

「いたたた……」

秀也は土の上を転げ回った。

フェンスの向こうで四股《しこ》を踏む力士一同。ここはすでに、斑爪百穴の敷地外だ。妖怪課七人総出でかかったのに、放り出されてしまった。

……やっぱり朽方は一筋縄ではいかない相手だ。

しばらく七人はそのまま仰向《あおむ》けになり、はあはあと息を吐いていたが、やがて誰かが
「課長」

ぽつりと言って起き上がった。

「そろそろ、僕の手の動きが止まる頃です」

氷室だった。手首から先が切り離された両腕を振っている。小ビンの中の赤いトカゲも疲れているようだった。

「そうか」

蛍火課長は突き出た腹をかばうようにゴロンと転がって起き上がる。そして、空を仰いだ。

「それじゃそろそろ、呼び戻さなきゃ」

――ヴーン。

音が、だんだん近くなってきた。

空の彼方《かなた》から、赤いものが降りてくる。針金で、虫かごのようなものが吊《つ》り下げられている。

「おお、無事に戻ってきた」

——ヴーン。

プロペラを回し、ゆっくりと秀也たちの目の前に着陸してきたのは——呪戸神社の本殿に置かれていた、赤いラジコンヘリだった。

10

もう十一時を回るというのに、〈朧月タイムス〉の編集室はあかあかと電気が点《とも》っている。新聞社というのは、どこの街でも眠らないものなのだろう。

「こりゃあ、驚いた！」

押しかけた妖怪《ようかい》課の七人に囲まれ、デジタルビデオカメラのモニターを見て驚いているのは、虚井マナブである。

映し出されているのは、藤堂と朽方の二人が、そろって斑爪百穴にある「黴射《かびい》」というクロニ妖怪の塚の封印を解いている映像だった。

「これでわかったろ。〈揺炎魔女計画〉は自分で塚の封印を解いて、妖怪退治をしていたんだ。そしてそれには、朽方も関わっている」

大幣《おおぬさ》をばさりと虚井の鼻先に突きつける、呪戸主任。

「まさか、今までも？」

「ああ、そっちは証拠がないがな。でも以前に比べてクロニやクロサンの出没が多くなったことを考えりゃ、その可能性が高いな」

「こりゃ、大ニュースだ！」

虚井は大興奮で、ニット帽ごと頭をぐしゃぐしゃと掻《か》いている。

この映像はもちろん、ラジコンヘリに下げられたかごの中から氷室の両手首が撮影してきたものだった。

「今夜のこと、万全の態勢で臨みたいので」

今朝、呪戸主任はそう言ったのだ。

「朽方の後ろには藪坂がついている。もしこっちの情報が漏れているとしたら、狸たちを使うかも知れないから、それをも出し抜かなきゃならない」

「どうするの？」

蛍火課長が訊いた。

「うちの本殿に、ラジコンヘリがあるんですよ」

その後主任が言い出したこの方法は、一同を驚愕《きょうがく》させた。ラジコンヘリの下にかごを吊り下げ、その中に氷室の手首から先とデジタルビデオカメラを入れる。もし狸が出た場合、全員で翻弄《ほんろう》されるフリをしながら、ラジコンヘリを斑爪百穴の上空に飛び回らせ、手当たり次第撮影させるというのだ。

「でも」

秀也はこれを聞いて、当然の疑問を差し挟んだ。

「あのラジコンヘリのリモコンは、憮悔ヶ池に落としてしまったんでしょう?」

「課長がいるだろ」

　はっとした。蛍火課長は、「電磁鬼」という妖怪の力を持っており、突然蛍光灯の光を明滅させたり、パソコンの電源を入れたりと、電化製品を操ることができるのだ。

「ラジコンは扱ったことがないけどね、やってみるよ」

　そして作戦は実行された。

　妖怪課の面々が三グループに分かれて潜んでいることは、朽方たちもわかっていたのかもしれない。そこで、なるべく三グループとは離れた場所の上を、ラジコンヘリが飛び回るように、蛍火課長は操縦した。初めは四苦八苦したようだが、やがてその扱いにも慣れてきたようだ。

　死壇鹿に惹《ひ》きつけられている間も、できるだけ三グループが通った道から外れたところにヤマをかけて撮影を続け、その結果、朽方と藤堂が「黴射」の封印を解いているところを撮影することができたのだ。

　相手を出し抜いた作戦とはいえ、成功の目算はそれほど高くないやり方ではあった。だから、モニターにその映像を見つけたときには、かなり興奮した。あまり大きな声を上げると、まだ斑爪百穴にいる朽方や狸たちに気づかれてしまう。七人はそのままこっそり、やってきた車二台に分乗し、〈朧月タイムス〉の編集部ビルにやってきて虚井のデスクへ押しかけたのだ。初めは怪訝《けげん》そうな顔をしていた虚井だったが、映像を見るなり興奮しだしたのだった。

「こ、この映像はコピーさせていただいても?」

虚井はつばを撒《ま》き散らかして言った。そんな彼の前に、日名田がSDカードを置く。

「これを使ってください。元のを消されちゃ、まずいんで」

「そんなこと、しませんよ」

虚井はデスクのパソコンに向かってキーボードを叩《たた》き始めた。

「こりゃ、明日《あした》の一面だぞ……」

「それじゃあ、われわれはこれで」

蛍火課長の号令で、ぞろぞろと七人は歩き出す。

「ま、待ってください。ちょっと、今夜のことについてインタビューを」

「そんな暇はねえ。まだ今夜やらなきゃいけない仕事が残ってるんだよ」

呪戸主任は言った。

「仕事?」

「俺たちは朧月市役所妖怪課だぞ。黴射を封じ直さなきゃ」

七人は顔を見合わせて笑い、そのまま編集部ビルをあとにした。

11

フロントガラスの向こう、夏の夜はすっかり明け、朝日が眩《まぶ》しい。連なって飛んでいくのは、烏だろうか。時刻は四時半を回ったところだ。

「黴射、封じるのは意外と簡単で、よかったですね」

ハンドルを操作しながら、日名田ゆいが言った。

「はい」

秀也は助手席で答える。

黴射は、影だけで実体がない妖怪だった。家屋の壁やあらゆるところにカビを生えさせ、最終的には人間の体内にまで入り込んで内臓までをカビにしてしまうという恐ろしい妖怪である。

七人は〈朧月タイムス〉からすぐに妖怪課プレハブへとって返し、影入桶《かげいりおけ》という道具を持ってきた。桶にフック付きのロープが二本結わえ付けられたものであり、影を引っ張ることができるのである。その後、斑爪百穴からほど近い住宅街のあたりを車二台で手分けして捜索すると、とある民家のブロック塀が異様に黒くかびていて、その家の庭木のあたりで蠢《うごめ》いている影を発見した。影入桶のフックでそれを引っ掛け、ずるずると運んでいき、最終的に呪戸主任が元の塚に封じたのだった。朽方一味は引き上げたあとであり、邪魔されることは一切なかった。

その後再び妖怪課に戻り、一同は解散。秀也は本来歩いて帰るところを、日名田ゆいが車で送ってくれるというので助手席に乗り込んだ。他の面々は早く帰りたかったのかそれとも別の意図か、秀也が日名田の車に乗り込むことについて何も言わなかった。

「もう、朝刊は配達されたんですかね」

「そろそろでしょう」

あくび混じりに答えて、秀也は運転する日名田の横顔を見る。

しばらく沈黙した。

「……日名田さん」

〈すこやか荘〉まであと数十メートルというところで、秀也は意を決した。

「選挙が終わったら、僕はやっぱり」

「わかってますよ」

日名田は驚くほどあっさりと、答えた。

「宵原さんはやっぱり、自分の信じた道を進むべきです」

彼女も、この沈黙で同じことを考えていたことを、秀也は悟った。

「ずっと朧月市にいても仕方ないじゃないですか」

「日名田さん」

「今夜のことで、きっと朽方さんの市長当選はなくなります。妖怪《ようかい》課は無事です。宵原さんが来る前と、一緒です。宵原さんはこの朧月を離れて、新しい市で経験を積んで、ゆくゆくは立派な地方公務員になって、それを天国のお父さんに報告するんです」

秀也は言葉が詰まって何も言えなかった。

車は止まった。すでにそこは、〈すこやか荘〉の前だった。秀也が「じゃあ」と言って車から降りると、日名田も運転席から降りた。

「宵原さん」

オレンジ色の朝日の中、日名田は笑顔でいた。

「きっと、小夜仙に守られているから、宵原さんの記憶からは消えません」

やけに強い口調だった。

「妖怪のことも、市役所のことも。……だっておかしいじゃないですか。わざわざ記憶から消えてしまうことを経験させるために、国が自治体アシスタントを派遣しますか？」

はっとした。

「言われてみれば」

「宵原さんがこの市に派遣されてきたのは、この市を出入りしても記憶が消えないからだと思うんです」

なるほど。……彼女に言われると、そんな気がしてくるから不思議だ。

いや、たしかにそうなのだろう。この市で経験したことは、秀也の中からは消えないはずだ。

「だから、宵原さん。いつか必ず、私のことを迎えに来てくださいね」

その目は潤んでいた。

「待ってますから」

日名田はひょこっと頭を下げ、キャスケットの位置を整えながら笑った。そして、

「じゃ、またあとで」と言って運転席に乗り込んだ。

エンジン音がして、車は走り去る。

寝不足の目に朝日が眩しい。今日もまた、朧月の暑い一日が始まる。

迷いは、吹っ切れた。いったい今、自分はどんな顔をしているのだろうか。胸の高まりが止まらなかった。

第四章　宵原秀也、最後の戦いの件

——我《が》琉《る》陀龍《だりゅう》（日本国指定妖怪・朧月市条例指定妖怪）

××【二字欠損】八年のことと伝わる。
甲《か》斐国《いのくに》に龍が出た。山一つをぐるりと囲むほどの大きさであり、顔は獅子《しし》に似ていた。その咆哮《ほうこう》は遠く陸奥《みちのく》でも聞こえるほどであった。龍は雷鳴とともに天にのぼり、豪雨を降らせ、山を崩し、村八つを流した。命を落とした者は数百と、その被害は甚大であった。

当時の甲府城代、××××【四字欠損】は近隣藩主を集めて会議を開き、霊験あらたかなる寺の和尚に策を尋ねた。和尚は、飛《ひ》騨国《だのくに》は松出標《まついずしるべ》という峡谷に什勃《じゅうぼつ》なる山伏がおり、彼ならばこの我琉陀龍を封じることができるのではないかと云った。早速人をやり、什勃を探し求め、三年の月日を経てようやく什勃を甲斐に呼び寄せることができた。

什勃の霊力は並の山伏八百人に匹敵するといわれていたが、それでもこの龍を封じるのは至難の業であった。什勃は、この龍を操るものがいるのではないかと人を使って探させ、左鎖《さぐさり》一族という家のものを見つけた。左鎖一族は龍と話ができ、この龍を使って日の本を支配しようとしていたのだった。

什勒は左鎖一族の長《おさ》を説得しようと試みるも口論となり、ついに左鎖の長を殺してしまった。その後自ら龍を封じる決心をした什勒は、七昼夜の激闘の末、ついに命と引き換えに、朧月・形跡《けいせき》湖のほとりに造らせた祠《ほこら》にこの龍を封じたのである。人々は什勒を悼みながら彼が龍を封じるのに用いた××【二字欠損】を神社に奉納し、七つの南京錠をかけた。

形跡湖畔の祠に龍が封じられていることは、幕府の中でも老中や遠国奉行など限られた者にしか伝えられておらず、明治維新の際にも旧幕臣と新政府高官の間で公に知られぬようにと秘密裏に引継ぎがなされたという。

第二次世界大戦後、ＧＨＱが妖怪政策を決定した際、その地として朧月が決定された背景には、形跡湖に我琉陀龍が封じられていることが一因とも伝わるが、当時のＧＨＱとの協議資料、並びに外交資料が原因不明の理由により悉《ことごと》く欠けているため、詳細は分からない。

なお、形跡湖周辺には昭和三十三年より盃銅鑼《はいどら》ダムが建設され、現在祠は同ダムの底に存している。


（参考資料：『甲斐国徳川霊異伝』『遠国奉行資料』その他）

1

キンコーン、キンコーン。

午後五時の鐘が、市役所本庁舎のほうから響いてくる。勤務終了の時刻だ。

「ああ……おつかれさまー」

報告書を所定の箱に入れ、鎌首が手を頭上に挙げて伸びをする。

「おつかれさまでーす」

日名田ゆいがぴょこっと立ち上がった。

「それじゃあみんな、準備してくださーい。五時半に店、予約してあるんで」

「何度も言わなくてもわかってるよ、もう、ゆいちゃんは」

蛍火課長が笑う。

「そんなに何回も言いました？」

妖怪課プレハブはどこか浮き浮きした雰囲気だ。

九月三日深夜の斑爪百穴での朽方と藤堂の映像を転用した画像は、九月四日付の〈朧月タイムス〉の一面を飾った。この小さな市では大きな情報源となる新聞である。投票日まであと三日と迫った時期に発覚した大スキャンダルに、市民の間には衝撃が走った。今まで信じていた朽方の誠意ある態度はなんだったのか、市民への裏切り行為ではないかと、世論は一転したのだ。同じ理由で〈揺炎魔女計画〉への信頼も失墜した。今まで彼女たちに依頼して妖怪を退治してもらった市民の中からは、料金を返せという声が上がったとも聞いている。

そんな状況下で迎えた昨日、九月七日の選挙。結果は、豆山とおるの勝利に終わった。今朝の〈朧月タイムス〉には、ぎこちない顔でどう見ても古めかしい茶色の達磨に目を入れる豆山の写真が掲載されていた……。

弾け達磨を逃がしてしまってよかったのか、その弾け達磨はなぜ再び豆山の選挙事務所に戻ったのか、という疑問はさておき、妖怪課の面々は朝から生き生きとしているのだ。そして、朝、仕事が始まる前から誰ともなく、「今晩、飲みに行きますか」という雰囲気が満ち満ちていたのだった。行先は〈酒呑《しゅてん》チャイルド〉という駅に近い居酒屋だ。昼のうちに張り切って、日名田が予約を取ったらしい。

ただ、この雰囲気の中、ただひとり神妙な顔をしている人物がいた。

「ほら主任、いきますよ」

鎌首玲子が、呪戸主任の肩を突く。

「あ、ああ……」

「主任、まだ心配しているんですか？」

氷室が声をかけると、呪戸主任は顎《あご》をさすりながらうなずいた。

「あの朽方が、市長になれなかったくらいで引き下がると思うか？」

「考えすぎですって」

「主任、今日のところはいいじゃない」

蛍火課長がにこやかに言うと、主任はようやく重い腰を上げた。その姿を見て、秀也も不安になった。今、本当に浮かれていていいのだろうか。

「じゃ、準備いいですね」

日名田ゆいは生き生きとし、率先して出入り口の引き戸を引いた。

「すいやせん！」

「わっ！」

日名田は尻餅《しりもち》をついた。飛び込んできた影があったからだ。

わけしり口だった。その唇は今日も、せわしなく顔じゅうを這《は》いずり回っている。

「ヨイハラの旦那《だんな》！」

「どうしたんだよ」

「朽方一味が、とんでもねえことを！」

秀也は主任と顔を見合わせる。……やはり朽方、選挙で敗れても、そのまま終わる人物ではないらしい。

＊

選挙の結果は当然、わけしり口も知っていた。これで朧月も安泰になると周りの妖怪たちは安堵《あんど》していたのだが、わけしり口だけは少し心配していた。自分の思い通りにならなかったことに腹を立てた朽方が、何かをしでかすのではないかと。

そこでわけしり口は今朝から朽方の選挙事務所へ行き、物陰から様子を窺《うかが》っていたのだそうだ。昼を過ぎた頃、選挙事務所から五人の人物が出てきた。朽方、柘榴田、それに〈揺炎魔女計画〉の三人だ。五人はお役御免になった選挙カーに乗り込んでいく。わけしり口は気づかれないように選挙カーによじ登り、ルーフにへばりついた。

選挙カーは発進し、やがて人も通らないような細い道に入り、誰もいない野原に止まった。五人は降り、野原の中を進んでいき、切り立った岩に到達した。岩にはしめ縄のかかった小さな穴があいており、奥は闇で見えないようだった。朽方はしめ縄をはぎ取ると中に声をかけた。しばらくして、細い首を伸ばし、丸い顔が穴から出てきた。

「曲《まが》り目《め》」だった。

「それは、どういう……」

秀也はここまで聞いて、タブレットPCの『マユッバ帖《ちょう》 ver.4.0』をスクロールする。

自由に目玉を伸ばし、細い穴の中などを覗《のぞ》く妖怪《ようかい》、とあった。かつては人里にも出没して、壁にあいた穴から人家などを覗いていたが、最近ではすっかり人嫌いになり、隠遁《いんとん》生活のようなことをしているらしい。事実、情報通のわけしり口ですら、姿を見るのは二十年ぶりくらいだという。

「それで、朽方の野郎、しばらくは曲り目と穏やかに話していたんですが……」

何かの交渉は決裂したらしく、曲り目は首を振ると穴に引っ込んだ。

直後、彼らは暴挙に出た。まず柘榴田が得意の岩突姫の力を使って穴の周囲をどんどん広げていった。いくら曲がりくねった穴とはいえ、こんなことをされてはかなわない。すぐに曲り目にたどり着いた。次に藤堂が例の五芒星《ごぼうせい》を描き、例の炎を出した。そして、すっかりおびえ切っている曲り目の顔の前までその炎を突きつけたのである。

曲り目はほとんど脅迫される形で車に乗せられた。わけしり口は自らが炎で焼かれるのを恐れ、追跡をそこで終えたのだという。

「ほんとにありゃ、ひどい光景でしたよ」

わけしり口は怒りに肩を震わせながら、顎に移動した唇から唾《つば》をまき散らした。

「朽方も〈揺炎魔女計画〉の奴らと同じく、妖怪に個人的な恨みがあるのか？」

主任が難しい顔をした。

「でも朽方さんはこの市の出身じゃないし。それに私、別に気になることがあるんですけど」

日名田ゆいは主任の顔から蛍火課長のほうに視線を移した。

「曲り目ってたしか、クロイチですよね？」

「ああ。人の家を覗くくらいのイタズラしかしないからね」

「臆病《おくびょう》な妖怪なんだろ。シロでもいいくらいだ」

呪戸主任も同意した。

「今までクロニやクロサンの封印を解いてきた朽方さんが、いったいどうしてそんな妖怪を拉致《らち》したんでしょうか」

「何かをやらせるためとか」

「目ん玉を飛び出させて穴の中を覗くだけでしょ、そんな妖怪に何ができます？」

肩をすくめたのは赤沢だった。

「さあ……」

呪戸主任のつぶやきを最後に、しばらくみんな、黙ってしまった。なぜ朽方は、曲り目を拉致したのか……。

「私、痛みを感じたわけじゃないんですけど」

日名田が顔をしかめながら、一同を見回した。

「なんだかすごく、嫌な予感がします」

もう、飲み会に繰り出そうという雰囲気ではなくなってしまっていた。

2

大どんぶりの中には、大もりのたぬきそばが湯気を立てている。

「おい、揚げ玉をもう少し持って来い！」

藪坂光邦は、部屋の隅に控えている空豆狸に箸置《はしお》きを投げつけた。ちゅちゅぃー、とおびえた声を出しながら、空豆狸は自分の身長の十倍はあろうかというチョコレート色のドアを押し開け、出ていった。

「絶対に楽勝な選挙だと思っていたのに、朽方のやつ、とんでもないヘマをしやがって！」

皿に積んであるちくわの山から一本つかみとり、口に押し込んだ。昨夜の選挙結果を見てから丸一日、不機嫌なのだ。

「やっぱり、朧月市に慣れてないあいつはダメなんだっ！　妖怪課なんぞにやられよって。朧月タイムスすら味方につけられなかったんだろう！」

一人で怒鳴り散らすと、ビールを飲み干す。ちっともうまいと感じなかった。

部屋の隅の台に乗っている電話が鳴った。受話器を乱暴に取る。

「なんだっ？」

〈東ですが、朽方さんの選挙事務所の方からお電話です〉

「今さらもう、話すことなど何もないわ！」

〈それが、緊急事態だそうで〉

「緊急事態？」

くだらない。もうどうにでもなれ。藪坂は東に、つなぐように言った。ほどなくして、若い女性の声が聞こえてきた。

〈こちら、朽方忍選挙事務所です〉

「市議会議員の藪坂だ。何の用だ」

〈朽方と、第一秘書の柘榴田の姿が、昼から見当たらず、どこをあたってもいないのですが。議員はご存じありませんでしょうか？〉

「はあ？　いなくなった？」

〈選挙に負けたらすぐにいなくなった……とんだ食わせ者だ。

別のスタッフが言うには、昨晩、選挙結果を見た朽方さんは、秘書の柘榴田さんと『もうこうなったら強攻でやるしかない』と相談していたようで。しかし、何のことだかさっぱりわからないんです〉

「わしだって、知らん知らん」

〈何かよからぬことを考えているのではないかと……〉

「知らんと言っているだろうが！」

藪坂は受話器を叩《たた》きつける。

……もういい。朽方は切り捨てる。

新しく市長になった豆山という男は、農家層に支持を持つ。どう根回しするか……狸と農業はもともと、相性はいいのだ。どうにかなる。とりあえず明日《あした》の夜あたり、意見を同じくする他の市議会議員たちとの会合の場でも持つか。

怒りや焦り、今後のこと。いろいろなことに頭を巡らせると、腹が鳴った。政治家とはなんと、腹の減る仕事なのか。

ちょうどドアが開き、空豆狸が揚げ玉の盛られた器を持って入ってきた。器を手繰り寄せ、レンゲで揚げ玉をいっぱい入れた。むしゃくしゃするときは、これに限る。たぬきそばを一気にすする。

ごごご、ごごご……。

「ん？」

不穏な音がして、揚げ玉の山が崩れた。

天井を見上げる。提灯《ちょうちん》をたくさんあしらったシャンデリアがぐらぐらと揺れている。

ごごご、ごごご、ごごご……。

酒瓶を並べてある棚がカチャカチャと音を立てた。

「地震か？」

ちゅいー、ちゅいー。空豆狸は怯《おび》えて部屋中を走り回り、ばたん、ばたんと壁にぶつかる。

がちゃん、がちゃん、がちゃん！　棚の扉が開き、ウィスキーやブランデーの瓶が落ちる。

「ああ、危ない！」

年代物のマッカランだけは救うことができたが、その他の瓶は砕け散り、あたりに酒が飛び散った。

「くうっ」

ごごご、ごごご、ごごごごご……！　ごごごごごご！

まだまだ揺れは強くなる。家全体が何かの動物の上に乗っているようだった。

「なんだ、これは!?」

朧月で地震など、珍しい。

めりめりと、壁がひび割れる音が聞こえた。こんなに大きな揺れ、あるわけがない。

とにかく、死んでしまわないように身を守らねば。

藪坂はマッカランの瓶を抱え込み、ソファーの陰にうずくまった。膝《ひざ》が、ガクガクと震えていた。

3

壁際に置いてあった棚が倒れ、収容されていた資料類が散乱している。長年掃除していなかったからだろう。あたりは埃《ほこり》臭くなっていた。

「お、おさまったのかな？」

ヘルメットをかぶった蛍火課長がカウンターの下から顔を出す。

「課長」

秀也はソファーの下から言った。

「僕は、大丈夫ですが……」

「私もです」

日名田も正面のソファーの下から這《は》い出てきた。

先ほどのものすごい地震。秀也はとっさに飛び上がり、ソファーをひっくり返して正面の日名田にかぶせた。そしてもう一つのソファーを頭からかぶったのだった。いつも座っているソファーを二つも持ち上げるときがくるとは思わなかった。火事場の馬鹿力というやつだろう。

カウンターの向こうでは、赤沢と呪戸主任が身を起こし、それぞれのヘルメットを手に取っている。

「僕、驚いて両手ともに切り離しちゃいましたよ」

声を震わせる氷室の頭に、呪戸主任がヘルメットを叩きつけるようにかぶせる。

「鎌首は？」

赤沢が彼女のデスクを振り返る。そこは最も棚に近く、荷物や書類が山を作っていた。

「鎌首！」

反応がない……と思っていると、資料類の下から「だわわわあああー」といううめき声が聞こえてきた。

にゅるりん、と別の机の下から鎌首が顔をのぞかせる。

「うわあ！」

首の下は、服を着た蛇だった。叫ぶ赤沢に向かって、しゃああ！　と牙《きば》をむく鎌首。

「あんた、叫ばないでよ。緊急事態だからしょうがないでしょ」

倒れた棚の上に這い上がり、とぐろを巻いた。

「大きな地震でしたね。震度５はありましたね」

秀也はそう言ったが、日名田は不思議そうに首をかしげていた。

「本当にただの地震でしょうか？」

「え？」

ひょっとしたら今の地震がきっかけで、彼女はまた未来を見てしまったのではないだろうか。

「とにかく、外へ避難だ」

課長の号令に従い、ぞろぞろと引き戸のほうへ歩み寄る。秀也もそれに倣おうとした。と、開けようとした引き戸が勢いよく開いた。

「み、みなさん！　た、た、たいへんです！」

わけしり口だった。一人だけ、すぐに外に避難したようだった。だが、この緊迫した顔は。唇は顔を這いずり回り、勢い余って首にまで移動しながら唾《つば》をまき散らしている。

「盃銅鑼ダムから、黒雲がっ！」

七人はわけしり口について、プレハブから外へ出た。九月の夕方、薄暗く、先ほどの地震の影響か、鳥たちが見たこともないほどの群れをなして飛んでいく。

「まさか、そんなことが」

呪戸神社の方向を眺め、蛍火課長がつぶやく。

わけしり口の言う通り、たしかに肩傷山のさらに向こうからもくもくと黒い雲が上がっていた。しかし、通常の雨雲のようにも見える。

「我琉陀龍のやつが目を覚ましたのかもしれねえでやす。さっき、陣羽烏どもがやってきてオイラに耳打ちを」

胡散臭《うさんくさ》そうに首を傾げる主任。その横で秀也は『マユツバ帖《ちょう》』を開いてその妖怪《ようかい》を見た。

「えっ？」

なんと、黒髑髏《どくろ》マークが四つも付いていた。しかも、ただの条例指定妖怪ではない。

「我琉陀龍は別格なんですよ」

日名田ゆいが言った。

「なんていうか、危険なんで」

条例指定の但し書きの前に「日本国指定妖怪」とあることから見てもその重要性はうかがえた。

蛍火課長が腕を組んだ。

「しかし、あんな揺れは感じたことがないからなあ……ひょっとしたら本当に我琉陀龍が目を覚まそうとしているのかもしれない。そんなことになったら、大惨事だぞ」

村が八つ流された、とある。考えただけでも恐ろしい。

「ありえないですよ」

赤沢が両手を振って否定した。

「だってあの妖怪は江戸時代に祠《ほこら》に封じられたままでしょう。三メートルの南京錠を七つもかけて、鍵《かぎ》はすべて溶かしてしまっている。その祠もダムの底だし」

「赤沢くん、七つの南京錠は祠じゃなくて、その近くの神社のほうだよ」

課長が指摘する。

「え、そうでしたっけ？」

「ああ。神社には例の山伏が使った何かが奉納されていて、その箱に南京錠がかけられている。龍の封印を解くにはその何かが必要とされている」

秀也の手元の『マユッバ帖』には、たしかにそう記載されていた。課長のいう「何か」の部分は欠字となっていて、よくわからないのだ。史料が古くて、文字が判読できなかったものと見える。

「でもいずれにせよ、祠は水の底でしょう。龍の封印を解くのは無理」

「神社に奉納されているその何かを取り出せば、龍の眠りは覚めるという説もあって……」

「すみません」

秀也は課長と赤沢の間に割って入る。

「江戸時代に作った南京錠だったら、錆《さ》びついて壊れやすくなっている、ということはないんですか」

「いや」

蛍火課長は首を振った。

「戦後、二度取り換えられているはずだ」

ＧＨＱの指示で米軍が付け替え、それも二十年前に新しいものにとって代わられたということだった。前例に倣い、七つの南京錠を一つずつかけ、やはり鍵はすべて溶かしてしまった。……破壊できるような南京錠でもなく、封印を解くのは妖怪の力を借りても無理だという。

「合鍵はないんですね」

「ない」

「作ることもできない？」

「できないだろうね、鍵穴を覗《のぞ》くことでもできない限り」

蛍火課長は困ったようにうなずく。秀也は再び、空に湧き上がる黒雲を眺める。

「えっ？」

そのとき、疑問を呈するような声を出した。振り向くと、人間の姿に戻った鎌首玲子が、顎《あご》に手を当てていた。

「課長、鍵穴を覗けたら、鍵は作れるんですか？」

蛍火課長は意外な質問に首をひねっていたが、「そりゃできるだろう」と答えた。

「中の構造がどうなっているか見極めることができればね」

へへっと、呪戸主任が笑った。

「どうやってやるんだよ。鍵穴は直径五センチくらいで、中は曲がりくねってるんだぞ」

「曲り目ならできるでしょう」

その名前に、誰もが「あっ」と声を上げる。目玉を伸ばし、細い穴に入れて覗ける妖怪……。

「朽方一味が曲り目を拉致《らち》したのは、鍵穴の中を強制的に覗かせるためだったんじゃないの？」

「でも」

手首から先のない腕を額にやったのは、氷室だ。

「南京錠の鍵穴の中を覗けたとして、それに合う鍵をすぐに作ることができますか？」

「そうだそうだ、あれは特注だぞ」

「たしか二十年前に付け替えたときには、半年がかりで作ったんじゃなかったかな」

呪戸主任と蛍火課長に言われ、鎌首も顔をしかめた。

「やっぱり、無理か」

曲り目が拉致されたのは今日のことだ。もし鍵穴の中の構造がわかったとしても、それを鉄で作るのはすぐには不可能だ。……ん？　待てよ……と、秀也は思い当たった。

「あの」

秀也のほうを、一同が見る。

「鍵は鉄でつくらなきゃいけないんですか？」

「そんな必要はないが、それなりの強度は必要だろう」

「岩ではどうですか？」

「あ？　岩を削って鍵を作るのか？　それこそ時間が……」

呪戸主任はそこまで言って、はたと気づいたように頭に手をやった。

「朽方さんには、柘榴田さんがついていています」

一同は沈黙し、お互いに顔を見合わせた。やっぱり朽方一味は、盃銅鑼ダムの我琉陀龍の封印を解こうとしているのかもしれない。

「これは、行ってみる必要があるな」

「誰が？」

理由は判然としないが、朽方はクロヨン妖怪の我琉陀龍の封印を解こうとしている。それを阻止するのは、朧月市役所妖怪課が一丸となってやらなければならない大仕事だ。

一同は一斉に、作業着に着替え始めた。

「みんな、」

全員が作業着に着替えたと見るや、蛍火課長はその力でプレハブ中の蛍光灯をバチバチ鳴らし、一同の顔を見据えた。

「早く終わらせてしまうぞ」

そして、緊張をほぐすように口をほころばせた。

「もう、店は取ってしまったんだからな」

「よし、行くぞ！」

呪戸主任の号令で、七人は駐車場のほうに向かう。二台に分乗するのだ。

秀也は他の六人と歩きながら、武者震いにも似た気持ちを覚えていた。自分には、眉《まゆ》村燕の血が流れている。この朧月市にやってきたのは運命の導きだったのかもしれない。公務員として朧月市を救う。これは自分に課せられた使命なのだ。

「あれ？」

セダンに近づくと、鎌首が頓狂《とんきょう》な声を出した。一台の助手席に、誰かがすでに座っているのだ。

「え、え……」

戸惑って足を止めると、助手席のドアが開いて、その人影は降りてきた。

紫色のカーディガン。だらりと長く伸びた灰色の髪。しわくちゃの顔。――一人の、老婆だった。

「お兄さん、勇ましくなったの」

老婆はゆっくりと秀也のほうに近づきながら言った。そして秀也の前まで来ると、右手をポケットの中に入れ、何か丸いものを取り出した。秀也はいつしか、口を半開きにしてその光景を見ていた。

「しかしの」

半開きの口に、丸いものが押し込められる。飴《あめ》だ。

「甘いっ！」

思わず叫んだ。砂糖でもない、果汁でもない、人工甘味料でもない。ぬるく、けだるい甘さが口いっぱいに広がる。他の六人はただ秀也と老婆のやりとりを呆然《ぼうぜん》と見ているだけだった。

「甘いじゃろう」

「飴玉婆《あめだまばばあ》……」

赤沢があっけにとられるように言った。

この老婆は、秀也が朧月市にやってきてから初めて出会った妖怪《ようかい》である。こうして、飴玉を押し付けてくるのだ。

「それが、あんたがたの見通しの甘さ」

「えっ？」

「あんたがたなどに太刀打ちできるような妖怪ではないわい。悪いことは言わない。行くのはやめなされ」

飴玉婆はカーディガンの裾《すそ》を口元にあてると、ゆっくりと首を振った。そして、すーっと姿を消した。

一同は夢でも見ていたかのような顔でお互いを見ていた。秀也の口の中に広がっているような、ぼんやりとした甘い恐怖がその場に立ち込めているようだった。

どうするのだ？　行くのか、行かないのか。

……ごごご、ごごごご、ごごご……。

「あ、危ない」

ごごご、ごごご、ごごごご……。

再び揺れがやってきた。

「ちきしょう！」

呪戸主任が大声を上げ、セダンの運転席のドアを開ける。

「行かなきゃ、しょうがないじゃねえか」

4

朧月市を南北に走る幹線道路、死掛《しにかけ》街道は、そこかしこにひびが入っていた。秀也は、呪戸主任の運転するセダンの助手席に乗っている。後部座席には、日名田と鎌首。あとの三人は後続の、課長が運転する車に乗っている。

「こりゃ、ひどいな」

立ち往生しているトラックを避《よ》けると、ぼごっと音がして車は跳ねあがった。

「朧月じゃ、地震なんてめったに起きませんからね」

「ああ、住民たちの警戒も薄いんだろう」

主任と鎌首の会話を聞き流しながら、秀也は先ほどまでの勇ましい気持ちはどこへやら言い知れぬ不安に襲われていた。

「宵原、あんた大丈夫？」

鎌首が聞いてくる。

「ええ……」

「いや、大丈夫じゃないでしょ。酔い止め、いる？」

どこからか小さなタッパーを取り出す。中には、ゲンゴロウがひしめき合っていた。

「結構です」

秀也の頭の中を占めているのは、飴玉婆の言葉。——見通しが甘いのだろうか。しかし、と、いつか夢安針が見せた映像を思い浮かべる。

ウロコの生えた緑色の影。あれは、龍《りゅう》——今立ち向かおうとしている、恐ろしい妖怪だ。

——もうキミは、朧月市の運命に巻き込まれているんだよ。

急ブレーキが踏まれた。フロントガラスの向こう、車が列をなしている。

「詰まってますすね」

できた。

「ああ、迂回《うかい》だ」

一度バックをし、脇道に入ろうとする。曲がった瞬間、前方から軽自動車が突っ込んできた。

「うわぁっ！」

大きな破壊音とともに、衝撃が走った。衝突だ。

「ちくしょう、こんなときに！」

呪戸主任はハンドルに手を叩《たた》きつける。

「バックミラーがあるところなのによ」

とにかく、相手の安否を確かめなければならない。秀也はシートベルトを外し、助手席のドアを開けて外に出た。後から来ている課長の運転するセダンからも、心配そうな顔をして一同が降りてきた。

「大丈夫ですか？」

「何やってんだよ、こらっ！」

相手の運転手は地震と衝突でパニックになっている。

その車に近づこうとして、視界の端に何かが揺れた。ふとその方向を見て、鼻を違和感が襲う。――何かが焦げるようなにおいだ。

揺れたのは、バックミラーの中の秀也だった。こちらを見ているが、自分の目ではないことを秀也はすぐに悟った。体が金縛りに遭ったように動かなくなる。

「あめだまばばあにあったんだろ」

鏡の中の秀也——鏡獺は言った。秀也は何も答えることができない。

「なんでとめられたのにいくんだ」

止めようとしているようだった。

……こんなに、住民たちが苦しんでいるのを黙って見ているわけにはいかない。

「はいどらだむはほんとうにあぶないよ」

そんなことを言われても、こんなときに働かないのでは公務員の意味がない。

「はいどらだむには」

そうだ。たとえ半年でも、自分はこの市の公務員なのだ。


「いくなよ！」


「行く！」

秀也は声を出した。鏡獺はすでに消えていた。

＊

衝突したとはいえ、車はまだちゃんと動いている。盃銅鑼ダムへと続く道は砂利敷きであり、がたがた揺れた。伸び放題の草が道の両脇から覆いかぶさってくるようであり、木々も迫りくるように生い茂っていた。ダム関係者が使う道だが、メンテナンスに訪れるのは半年に一度で、ここ数ヶ月は誰も通っていないはずだということだった。

「ちきしょう、こんな悪い道だったか？」

ハンドルさばきが思うようにいかず、呪戸主任はだいぶ気が立っているようだった。

「さっきの地震で、道が歪《ゆが》んでしまったのかも……あっ」

窓の外を見ていた日名田が声を上げた。

「どうした、ゆいちゃん？」

「枝が折れた跡が新しかったんですよ。やっぱりつい最近、誰かがこの道をかなり大きな車で通った証拠です」

「ああ、そうだな」

主任は気分を落ち着かせるように言った。

「この時期にダムに行くやつなんていない。間違いない。朽方たちが我琉陀龍を目覚めさせようとしているんだ」

ごごご、ごごご、ごごごご……。

銅鑼《どら》の響く中、また大地が揺れた。と、前方右上の斜面の木々が音を立てて動いた。

「危ない！」

呪戸主任はブレーキを踏む。同時に、目の前に大きな岩が二つ、転がり落ちてきた。

間一髪、潰《つぶ》されてしまうのは免れた。しかし、道はふさがれてしまった。

「これじゃ、進めないな」

「仕方ないですね」

四人は車を降りた。後続のセダンからも三人が降りてくる。

揺れはおさまっているようだった。悪魔の吐息のような黒雲はすぐ頭上にまで迫り、薄暗さの中に嫌な蒸し暑さが漂っている。

「気をつけろ」

呪戸主任の後について、落ちてきた岩の脇をすり抜けようとする。秀也も一歩足を踏み出す……と、足がもつれた。

「あっ！」

転んだ。……いつもの、あいつらだ。

しかし、何か様子がおかしい。とんとん、ぴーひゅるる、というあの陽気な笛太鼓が聞こえないのだ。顔を上げると、目の前には確かに、二人の結人がいた。二人とも、顔を鬼のような形相にして、四本の手で二つ、×を作っていた。

「えっ？」

結人は赤くした顔をぶんぶんと振っている。

「お前たちも、行くなって言うのか？」

飴玉婆、鏡獺、結人。これまで秀也に憑《つ》いて回ってきた妖怪《ようかい》たちが、ことごとく行く手を阻もうとする。長屋歪がいたら、やっぱり止めていただろうか。

身を起こし、結ばれてしまった靴紐《くつひも》を見る。……これから自分が向かおうとしている相手は、とてつもなく恐ろしいモノなのだ。黒雲の影とともに、不安がむくむくと膨らんできた。

赤いものが伸びてきて、複雑に絡み合っている靴紐を切った。蟹《かに》のハサミだった。

「迷ってる場合か、お前、公務員になるんだろうが」

赤沢は泡だらけの口で秀也のことを叱咤《しった》した。

「俺、こないだ見合い相手に言われたんだよ」

「えっ？」

もちろん、他の五人も聞いている。日名田のことを赤沢はもう、気にしていないようだった。

「『公務員は昇給も約束されていて、刺激はないでしょうけれど安定していていいですね』って。俺、かちんときて、『刺激はある』って言い放ったんだ」

「それじゃあ、破談になったんですか？」

「いや。来週もう一度会うことになってる。そのときに言ってやるんだよ。俺たち公務員は、住民税で命張って奮闘することもあるってな」

秀也は一同の顔を見る。……朧月市役所妖怪課。日夜、この自治体の妖怪たちの対処をして回る、名も無き地方公務員たち。この中に自分もいるのだ。迷っている暇はない。

「わかったら立て」

「はい」

秀也は立ち上がる。「わああっ!」と赤沢が両手のハサミを振り上げて脅すと、結人たちは驚いて草の中に逃げていった。

「赤沢」

鎌首がその背中に声をかけた。

「あんた、変わったわ」

赤沢は振り返ると、口の周りの泡を作業服の袖《そで》で拭《ぬぐ》い、面倒くさそうに笑みを浮かべた。

「うるせえ」

5

時折鳥がけたたましく鳴きながら森の中へ飛んでいく。

ダムまで続く砂利道の脇に、石段のある細い道があった。草が伸び放題に伸びてほとんど石段を覆っている。くすんだ鳥居が訪れようとするものを拒んでいるようにも見えた。

七人は主任を先頭に、石段を早足で上っていく。五分もすると、社殿にたどりついた。

古いがかなり立派な建物だ。高さは四階建てのビルほどもあろうかと思われる。中に、什勃という山伏が我琉陀龍を封じるのに使った何かが収められているはずだった。

ぐるりと社殿を回る。裏口の鍵《かぎ》が壊され、扉が開け放たれているのが見えた。

「あいつら、中にいるんですかね？」

鎌首が主任に尋ねる。

「ああ、そうかもしれない。現場を押さえるぞ」

答える代わりに、鎌首は好戦的にしゃあ！　と真っ赤な口を開いて牙《きば》をむいた。

そろりそろりと四人で扉に近づき、一度陰に身をひそめた。そして、呪戸主任の合図とともに一気に中へ飛び込んだ。

「朽方！」

がらんとした薄暗がり。人影は見えない。

「藤堂さん」

秀也は藤堂の名を呼んでみた。だが、返事はない。興奮していた気が鎮まり、暗がりに目が慣れるとともに、そこにあるものを脳が認識し始めた。

金属製の、大きな仏壇のようなものが置いてある。

すぐ近くに三メートルほどの大きさの南京錠が七つ、重ねて置かれていた。施錠はすべて解かれている。鍵の形をした岩も七つ、放置されていた。

「もうあいつら、ここにはいないのか」

「あの、ボク、ずっと気になってたんですけど」

ぽつりと、誰かが言った。手首から先がまだ再生されないままの氷室だった。

「石段の下に車が置かれてなかったですよね」

「あ？」

主任が口を開ける。

朽方一味はここまで車で登ってきたはず。石段は車では登れないので、どこかに駐車していなければ不自然だと、氷室は言うのだった。

「お前、なんでそれ、早く言わないんだよ」

「だって、みんな、あまりにも勢いよく石段を上っていくものだから」

氷室は口を尖《とが》らせた。

「ということはすでに、龍《りゅう》の封印も解かれてしまっているということですか？」

「いや、そんなことになっていたら、もうとっくに雷雨になっているはずだ。一体あいつら、どこに行ったんだ？」

呪戸主任は仏壇のような箱に近づき、取っ手をつかんで引っ張った。中は空だが、何かを留めてあったような大きな金具がいくつか取り付けられていた。

「なんだこりゃ？」

龍をつなぎとめて置いたようには見えない。箱の底部に残った跡から、何か長いものがここから取り外されたように見える。

「しゃあっ！」

鋭い声が上がった。鍵が積まれている方向に向け、鎌首が黄色い目を光らせている。

「どうした、鎌首」

「今そこで何かが……しゃあっ！」

鎌首は床に伏せ、にょろにょろと這《は》っていった。彼女の場合、走るより妖怪モードになったこちらのほうが速いのだ。

「ひひゃっ！」

何者かが壁際に飛びのいた。筵《むしろ》のようなものを身にまとい、肌は黄色い。そして――目が異様に飛び出ている。

「曲り目か？」

呪戸主任が尋ねた。

「は、はい……さいでやす」

「しゃあっ！」

「ひっ！」

「鎌首、やめろ」

主任は壁際に近づき、おびえている曲り目のそばにしゃがみ込んだ。曲り目は両方の目玉をいよいよ飛び出させてぐるぐると回した。

「かか、か、かんにんしておくれやす」

「お前、鍵穴を覗《のぞ》いて中の状態を朽方たちに伝えたんだな？」

「く、くちかたっていうのは、あの、灰色のお嬢さまで……？」

「灰色？」

「ぎ、ぎやまんのフタのようなものを目の前に……」

灰色の服に、縁なしメガネ。柘榴田茉希のことだ。

「違う。紫色の男だ」

「ああ……そうです。すると、灰色のお嬢様が岩の形をあんなふうにしてしまって……」

曲り目は指差す代わりに、岩のほうに目玉を伸ばす。いったいどれくらい伸びるのか疑問だ。

「封印箱の中には一体、何が？」

「き、木でできた錫杖《しゃくじょう》でやす」

「錫杖？」

「え、ええ。それで龍の眠りを覚ます儀式をするのだといって、だ、ダムのほうへ行ってしまいました」

「やっぱり……」

蛍火課長が言った。

「朽方はダムの水を出して沈んでいる祠《ほこら》を露《あら》わにし、錫杖の力で龍の封印を解く儀式を行うつもりなんだろう」

「でも一体なぜ、朽方はそんな儀式のことを知っているんです？」

「わからん」

主任の問いに、蛍火課長が首を振ったその時、
ごごご、ごごご、ごごごごご……

社殿全体がぎしぎしと揺れ、木くずがぱらぱらと落ちてきた。崩れてしまう勢いだ。

「ひいっ！」

曲り目が頭を押さえ、逃げ惑う。

「こりゃ、急がないと、本当にまずいぞ」

「ダムの水はどこで抜くんです？」

主任は蛍火課長に尋ねた。

「こ、この先のダム管理所だろう」

「よし、そこへ行くぞ！」

主任の合図で、七人は社殿を後にした。

6

ダム管理所方面への道は途中からコンクリート舗装になり、すぐ左にダムの湖面を見

るようになった。ところどころ土砂が崩れ落ちてきており、歩くには慎重さを要した。

「頼むぞ。崩れるなよ……」

呪戸主任はぶつぶつと言いながら、山のほうを見上げている。ひとたび土砂崩れが起きれば七人はダムのほうへ押しやられてしまうだろう。

「ねえ、なんか」

ダムのほうを見ながら歩いている鎌首が、珍しく不安げな声を出す。

「水の量、減ってない？」

たしかに、水がフルに湛《たた》えられている状態の線が、ダムの縁に見えている。そして見る間にも、ダムの水は減りつつあるようだった。

「ダムの底の祠を出すためだろう」

蛍火課長が言った。

「急がないと」

やがて管理所と思《おぼ》しき建物が見えてきた。そしてその建物を囲む古びたフェンスの前に、一台のワゴン車が停めてあった。ルーフに載せられた、《朧月に明るい市政を　朽方忍》という看板。先日まで朧月市内を巡回していた、朽方の選挙カーだった。

七人は車を降り、フェンスの奥のコンクリート造りの建物に向かった。

建物のドアは取り外されていた。……いや、ドアが取り外されているのではない。ドアの周りのコンクリートの形が変えられ、壁ごと取り外されているのだ。こんなことは、岩突姫の力を持つ柘榴田以外にできるわけがなかった。

「朽方！」

呪戸主任は叫びながら、建物の中に入っていく。六人も後に続く。

蛍光灯の光が明るくつけられており、奥に階段がある。ダムの水を抜くオペレーションルームは二階にあるようだった。

階段を駆け上がる呪戸主任。

「いたっ」

すぐに何かに弾《はじ》かれて転げ落ちてきた。

「大丈夫ですか、主任？」

「ああ、大丈夫だが……なんだ、今のは」

下から数えて十段目。何か小さくてカラフルなものが一列に並んでいる。

コンペイトウだった。

「糖結界だ」

鎌首が忌々しげにつぶやいた。

〈揺炎魔女計画〉の一人、美玖の操る結界だ。秀也は以前、鎌首とともに深夜のショッピングセンターでこの結界の力を見たことがある。そして、対応策ももちろん知っていた。

「宵原、あんたしかこの結界を抜けられない」

「はい」

秀也は鎌首に向けてうなずき、頭上を見上げた。

「小夜仙」

くっしょん！　くしゃみの音とともに、小夜仙が姿を見せた。

「今からこの糖結界を抜けようと思います」

小夜仙は鼻をこすると、いちいち呼び出さなくてもいいと言いたげに、糖結界のほうを指さし、姿を消した。

「では」

秀也は段を上り、コンペイトウの列に足を踏み出した。結界などないかのように、自然に通り抜けることができた。

「いいか宵原」

主任が呼び止めた。

「相手を刺激するんじゃねえぞ。危険になったらすぐに戻ってこい」

「はい」

秀也が答えると同時に、
ごご、ごごごご……と、再び揺れが襲ってきた。

踊り場を折り返し、二階へと進む。廊下のスペースと、アルミ製のようなドアが三つ。ひときわ大きいドアの向こうに気配を感じた。秀也は一度深呼吸をすると、ノブを握ってドアを開ける。

ガラス張りの部屋だった。ダムが一望できるようになっており、空の黒雲がずっと濃くなり、空気が不穏に淀《よど》んでいるのがわかる。

その光景を望むように設置された操作盤。その上に、黄金色に輝くものが置いてある。剣だ。柄は黄金色で、精緻《せいち》な装飾が施され、赤と緑の玉があしらわれている。夢で見た、あの剣だ。

そしてその剣に手の届く位置に、窓の外を眺めている紫色の影があった。

「朽方さん」

秀也の声に反応して、彼は振り返った。

「おや」

秀也は一歩、足を踏み出す。朽方は落ち着いたそぶりで再び窓の外に視線を戻す。

「すごい。よくここがわかりましたね」

「あなたは何を……」

「宵原さんもご覧になるといい。二百五十年の眠りから、我琉陀龍が覚めるところを」

朽方は窓の向こうを指さした。

一面に広がるダム。水がかなり減っているのは一目で分かった。コンクリートでできた壁沿いに階段があり、五十メートルほど下ったところから土になっている。泥にまみれた社のようなものと、大きな岩の台があった。

四人の女性が見える。〈揺炎魔女計画〉の三人と、栢榴田茉希だ。彼女たちは三メートルほどの長さの木製の棒を台に刺すところだった。丸い輪がついており、そこから古びた紙が揺れている。神社から盗んできた什勃の錫杖だろう。

「我琉陀龍を目覚めさせる儀式ですよ」

朽方は勝手に説明を始めた。

「あそこに錫杖《しやくじよう》を刺して祈りの文言《もんごん》を唱えると、龍《りゆう》の眠りが覚めるのです。朧月に市制が敷かれるずっと前の文献に書かれている儀式なので、市役所の妖怪《ようかい》課の方も知らなかったようですね」

冷たい目だった。この男は一体、なぜそんな文献を読むことができたのだろうか。

「什勃という山伏に倒された、龍使いの話を知っていますか？」

秀也の頭の中を見透かしたように、朽方は言った。

「それは……『マユツバ帖《ちよう》』に書かれている、左鎖という人物のことですか？」

朽方は笑った。

「左鎖。それは一族が自ら隠すために使った偽名です」

「偽名？」

「ええ。『鎖』というのは実は『腐敗』の『腐り』の当て字なのですよ」

よくわからなかった。

「いいですか。左右の左、『片方』だけが、腐り、すなわち『朽ち』ていると書くと」

秀也は息を呑んだ。

「朽方……?」

やっとわかったか、というようにその男はうなずいた。

「什勃に殺された龍使いは、私の祖先です」

黒雲の中で、ぴかりと稲光が光った。朽方は右手の人差し指を自らのこめかみに当てた。

「ここへ来るまで意識したことはなかったのですが、どうやら私にも、我琉陀龍を操る能力が備わっているようだ。先ほどから頭の中に周期的に響く、パルスのようなものを感じます。龍の目覚める前兆なのでしょう」

秀也は驚きのあまり、何も言うことができなかった。

「我琉陀龍が目覚めれば、雨が降り、洪水が起きる。記録によれば江戸時代には村が八つも流されたとか。朧月市も無事ではいられないでしょう」

秀也は混乱していた。この男は、朧月市をなくそうとしているのか? しかし、つい昨日まで、この市の市長になろうとしていたのに。

「朽方さん。あなたはいったい、何がしたいのですか? なぜ危険だとわかっている我琉陀龍を目覚めさせる必要があるのですか? 妖怪に、いったいどんな恨みがあるのかわかりませんが、今すぐやめてください」

朽方は秀也を一瞥《いちべつ》すると、ふっと笑った。

「あなたは何も分かっていないようですね。私が我琉陀龍を目覚めさせようとしているのは、この国のためなんですよ」

「国のため……？」

　ますます混乱してきた。なぜ、クロヨン妖怪の封印を解くことが、国のためになるのか。その疑問に答えるかのように、朽方は口を開いた。

「あなたも知っているでしょう。集団的自衛権、という言葉を」

　同盟国が攻められた場合、自国が攻められていなくても同盟国の敵に対して軍事力を行使できる権利のことである。黒乃森幸雄が、朽方の大学院での専攻が安全保障であるとかつて言っていたことを、秀也は思い出していた。

「ご存じのとおり、戦後の日本は他国に対して軍事力を行使しないという立場を取ってきました。しかしこれは、明らかに今の国際情勢にはそぐわない。同盟国との結びつきを強固なものにしない限りは、周辺の国にナメられる一方です。そこで集団的自衛権の行使を認めようという機運が高まってきた」

　朽方は淡々と語り続ける。

「ところが集団的自衛権の効力を高めるには、外国を攻めるに足る、外国に恐れられるほどの独立した軍事力が不可欠です。今の日本には残念ながらそういう力はない。そこで私が注目したのが、我琉陀龍というわけですよ」

「えっ……？」

「朧月市の盃銅鑼ダムに眠っている我琉陀龍は黒雲を呼び出し、稲光を誘発させ、豪雨と、村を流すほどの洪水を巻き起こすことができる。使い方によっては、敵国の都市機能を麻痺《まひ》させることもできるし、小さな町なら壊滅に追い込むことも」

なんて恐ろしく、非現実的な……しかし、今日まで非現実的なことに振り回されてきた秀也は、何もかもを受け入れなければならない状況に自分がいることを自覚していた。

この男は本気なのだ。

「我が家に伝わる文献でこれを知った私は、利用しない手はないと思いました。自衛隊などという平和ボケした組織はいずれ日本国軍として再編されるでしょう。その際、我琉陀龍を軍の一部として組み込み、諸外国にアピールするのです。いつまでもこの国が、米軍に守られる一方の、卑屈な平和主義をすすって生きている弱虫国家ではないということをね！」

朽方の声はしだいに大きくなっていた。

「本当は市長として我琉陀龍の目覚めの儀式を正式に行うことを市議会に通すはずでした」

これが、朽方が市長に立候補した真の理由だったのだ。

「しかし、あなたがたのせいで、私は当選することができなかった。多少手荒いが、強引にことを進めることにしたのです。私が龍を使えることが明るみに出たら、与党の先生方も私を無視できなくなることでしょう」

ダムの水は先ほどよりもさらに少ない。そして、岩の台の上に乗せられた錫杖は、鈍い黄色の光を放っていた。泥まみれの祠《ほこら》はがたがたと揺れている。その前で、四人の女性は何かをぶつぶつと唱えているようだった。

「健気《けなげ》なものです」

女性たちを見ながら、朽方は言った。

「自分たちが犠牲になることも知らず」

背筋がぞわりとした。

「どういうことですか？」

朽方は背広の内ポケットに手をやると、葉巻を取り出し、口にくわえ、ゆっくりと火をつけて煙を吐き出した。

「この葉巻はね、藪坂議員が市長に当選した暁に吸いたまえと、願掛けのためにくれたものでね。あの男は愚鈍な狸親父に過ぎないが、しかし高級志向だけあって、これは美味《うま》い」

「朽方さん、質問に答えてください！　彼女たちが犠牲になるとは？」

朽方はうるさそうに首を振ると、再び窓の外を見た。

「儀式を遂行するには、龍への生贄《いけにえ》が必要なのですよ」

「まさか……」

「ええ。祈りの文言を唱えた女性が、その生贄になることになっています」

なんということだ……。

「彼女たちはそれを知ってて？」

朽方は声を立てて秀也を嘲笑《ちょうしょう》し、首を振った。

「そんなわけないでしょう。みな、龍が目覚めた後も、私とともに働けると信じていますよ。理想の国造りのためには、多少の犠牲が出ることはやむを得ない。国家のための生贄です。彼女たちも喜ぶでしょう」

秀也が朧月市で出会ったどの妖怪よりも邪悪な眼光だった。

再び稲光が差し、黒雲から雨が落ちてくる。

それに呼応するように、彼女たちの背後の山から崩れ落ちてきた石が転がり、水面に落ちていく。危険を顧みず、四人は祈りをささげ続けている。

「しかし、本当に美味い葉巻だ。待ちに待った光景を眺めながら味わうと格別です」

秀也はじりじりとドアのほうへ足を近づけた。

「どこへ行くんです？」

落ち着きながら、しかし強制力に満ちた声で朽方が制した。

「彼女たちを、助けに」

「そうはさせない」

朽方は左手に葉巻を持ったまま、右手で操作盤に置かれていた剣を握ると、機敏な動きでドアの前に立ちはだかった。

「どいてください」

「自治体アシスタントの分際で、私の邪魔をするなっ」

朽方は剣を振った。とっさに身を翻す。肩に痛みを感じた。作業着が切れて、血が流れていた。

「これは朽方家に伝わる宝剣です。先祖が、邪魔するものは斬れと言っている。……どうせこのあと起こる雷雨で、市民は何十人か流されて死ぬでしょう。自治体アシスタントが一人死んだところで、気にする者などいない」

朽方は高笑いをすると、剣を秀也に突きつけ、迫ってきた。

丸腰の秀也は応戦することもできず、じりじりと後退させられる。ついに、窓辺に追いやられた。ぎらりと光る刃《やいば》が秀也の首に押し付けられる。少しでも動けば切れてしまうかもしれない。朽方の細い目を見つめると、たしかに殺気が宿っていた。

恐怖を、感じた。

「こんな市に自治体アシスタントに来なければ良かった。そう思っているのでしょう？」

果たしてそうだろうか。秀也は生命の危機にさらされながら、自問した。

「そんなことはない」

秀也は言い放った。

「朧月市は、妖怪《ようかい》と人間の共存する市。この市で働けて本当によかった」

「あなたのような、愚かなくせに褒められたことしか言えないような人間を見ると、虫唾《むしず》が走る。まあ、行政のコマである公務員としては使い勝手がいいのでしょうが」

首筋に当てられた刃に力が入った。皮膚に圧力を感じる。あと少し力を入れられれば、喉《のど》が掻《か》っ切られてしまうだろう。刃はきっちりと磨かれていて、秀也の顔が映っていた。

……これが、この世で見る最後の自分の姿なのか……。

鼻を何かの匂いがついた。これは……何かが焦げたようなこの匂いは……

「だからいっただろ」

刃の中に映っているのは、鏡獺だった。

「きみはしぬんだよ」

……そんな。ここまできて。

「でしゃばるからだ」

出しゃばったつもりはない。危険な妖怪の封印を解こうとする男を止めるのは、妖怪課の義務だ。しかもこの男は、朧月市そのものを滅茶苦茶《めちゃくちゃ》にしようとしている。

「そうなったら、それがうんめいだ」

運命？……これが、自分の運命ならば、なおさら変えなければならない。

「なんだって」

この市へやってきたのは、宵原秀也の運命なのだ。市の住民を幸せにする運命を背負っている。

「きみはなぜ」

鏡獺は困っているようだった。

「このしのためにそこまでできるんだ」

それは、それは、この市が好きだからだ。妖怪と人間が共存する、この市が。

「こうむいんとしてか」

公務員として、そして、この市の一員として。

「いちいん」

そうだ。鏡獺、君もだ。

「ぼくもいちいん」

そうだ。

「じゃあ、きみとぼくはなかまか」

鏡獺は少し考えるような仕草をした。そして、

「さよせんのちからをかりるんだ」

小夜仙の力？　どういうことだ。

「きみのおもったようかいをよべるよ」

妖怪を、呼ぶ？　しかし、何を呼べばいいのか。

「ぼくがいえるのはここまでだ」

すっ、と、刃に映る秀也の目は、正気な人間のそれに変わった。

秀也は依然、危機にさらされたまま。朽方は剣に力を込めつつ、左手の葉巻を口にくわえてゆっくり吸い込み、煙を秀也の顔に向けて吐き出した。

「さあ、これでお別れです」

秀也は咳こんだ。……葉巻？　鏡獺は、小夜仙の力で「おもったようかいをよべる」と言った。念じればいいのか？　それだったら……。

「さようなら」

秀也は目をつぶり、『マユツバ帖《ちょう》』の中から、思い出した妖怪の名前を頭の中で叫ぶ。

「……しえ」

小さな声がした。

「ん？」

朽方の疑問口調とともに、秀也は目を開ける。

「何だお前は？」

二人を見上げるような位置に、着物を着たおかっぱ頭の少女がいたのだ。

秀也はとっさに目玉だけを動かして頭上を見る。すでに半透明の小夜仙が二度ほどうなずき、そして消えた。

「どこから入ってきた！」

秀也の首から剣を動かさず、朽方は少女に向かって叫んだ。

少女は朽方の質問には答えず、右手の人差し指を立て、朽方の左手の葉巻を指さして、こう言った。

「くゆるにも、おたばこ、お飲ませなんしぇ」

7

「何？」

不思議そうな顔をしている朽方。

朧月市条例指定妖怪　登録番号101、クロイチ妖怪「くゆる」だ。戦後の占領軍統治時代、マッカーサー元帥の執務室に現れていたずらをし、GHQの妖怪政策のきっかけを作ったというあの妖怪だった。

「くゆるにも、おたばこ、お飲ませなんしぇ」

彼女は煙草を吸っている人間のそばに現れ、煙草をせがむ。そしていつの間にか、彼女の手の中に煙草は移動してしまう。マッカーサー元帥もかつて、トレードマークのコーンパイプを彼女に奪われたのだった。

今、秀也の目の前でその光景が再現されている。葉巻は、朽方の手からくゆるの手に移動していた。唖然《あぜん》とする朽方の前で、くゆるは葉巻を口に運び、うまそうに煙を吐き出した。

「こら！」

朽方は剣を秀也から離し、その少女を怒鳴りつけた。

黒乃森幸雄が市長時代には、第一秘書として辣腕《らつわん》をふるっていた朽方のことである。くゆるのことを知らないわけはなかったが、突然目の前に現れた彼女に動揺してしまったのかもしれない。朽方は、くゆるに対して、絶対にしてはいけないことをしてしまった。

「返せ」

くゆるの右手から、葉巻を奪い返したのだ。

「あっ」

やってしまってから、自分の過ちに気づいたようだった。くゆるは恨めしそうに朽方の顔を睨《にら》み上げた。

「お火の元、お気を付けなんしぇ」

くゆるは消えた。

その直後だった。

きゃああ、と、下のほうで声がした。窓に駆け寄ってダムの底を見る。〈揺炎魔女計画〉の三人と柘榴田が騒いでいた。——岩の台の上に置かれていた錫杖《しゃくじょう》が、赤い炎を立てて燃えていたのだ。

朽方はしばらく呆然とそれを見ていたが、

「ああ、ああ……」

剣を床に投げ、頭を抱えて唸りはじめた。

くゆるは、煙草をゆっくり吸わせてくれた人間に対しては小銭を残すが、強引に煙草を奪い返した人間に対しては、火災をもたらすのだ。マッカーサーの場合は厚木《あつぎ》飛行場の飛行機が燃えたのだが、朽方の場合、今もっとも燃えて欲しくないものに火がつけられてしまったというわけだ。

「消せ、消せ、消せ！」

両手を大げさに振って喚《わめ》き出す朽方だったが、錫杖の炎は消えないどころか大きくなる。呼応するように、祠《ほこら》の揺れは次第に小さくなっていた。

……形勢逆転。妖怪の力を使って、なんとか企《たくら》みは阻止できた。

――妖怪づかいが荒いですねえ。

どこかで、長屋歪が笑っているような気がした。

ぴかり、と稲光。雨だけは強まっている。

「ああ、あああ……」

秀也の前で、朽方が愕然《がくぜん》と膝《ひざ》からくずれ落ちる。

助かった。

気を抜いたそのとき、突如、何かが爆発したのかと思えるほどの音がした。

今までとは違う地響きが建物を襲う。何千という虫が一斉に羽を震わせているような、不穏な地響きだった。それはやがて虫の震えから獣たちの震えに変わり、恐怖となって全てを飲み込むようだった。

窓の外の信じがたい光景を、秀也は見た。土砂が崩れてきたのだ。そのままダムの底へとなだれ込んでいく黒い塊。その先には、我琉陀龍の祠が……。

きゃああ、と、悲鳴を四人が上げるのが聞こえた。土砂はすぐに、四人を飲み込んでいった。

8

秀也は一気に階段を駆け下りた。六人は建物の中に待機していた。外は風が吹き荒れ、鉄砲玉のような雨が屋内にも降り込んでいる。もう、嵐といってもいいほどだ。

「宵原、今の揺れはなんだ?」

呪戸主任がつばを飛ばす。

「土砂崩れです」

「何?」

「朽方さんの企みは、なんとか阻止しました。龍《りゅう》の祠は封じられたままです。ですが」

秀也は息を切らしながら説明をする。舌が乾いて回らず、もどかしい。

「土砂が崩れて、四人が下敷きに」

「四人って?」

「〈揺炎魔女計画〉の三人と、栢榴田さんです」

「えっ？」

「上にはいなかったの？」

「ていうかあんた、血、出てるじゃん」

すべてを説明するのはもどかしかった。ふと、雨が吹き込んでくる出入り口の脇に、スコップが二本、立てかけてあるのが目に入った。

「すみません、どなたかもう一本を」

秀也はそのうちの一本を取ってそう言うと、外に出て行った。吹き荒れる雨風の中に飛び出していった。鎌首に指摘されたことで肩の傷の痛みがよみがえっていたが、構っていられない。あとから、六人もついてくる。もう一本のスコップは主任が持っていた。

ダムへと急ぐ。吹き荒れる風。叩《たた》きつける雨。雲はいよいよ暗い。

立っているのも辛《つら》い中、ようやくダムにたどりついた。秀也は率先して、ダムの内側に沿うように作られた幅の狭い階段を降りていく。コンクリートの段は、水中に沈んでいたときに生えてしまったであろう苔《こけ》のせいで滑りやすくなっていた。足を踏み外せば、真っ逆さまだ。

五分ほどかけて、底にたどり着いた。少し離れた位置にある岩の台の上ではすでに、錫杖はくゆるの炎で焼かれ、炭になっていた。

「こりゃひでえな」

積みあがっている土砂を見て声を上げたのは、主任だった。

「でも、やるしかねえな」

「そうです」

秀也は主任とともに土砂にスコップを突き立てる。他の五人も手で、泥と化した土を一生懸命掻《か》い出しはじめた。赤沢は蟹《かに》の手になっている。氷室はまだ手首から先が再生せず、それでも切断された腕で一生懸命土砂と格闘していた。

「柘榴田！」

呪戸主任が大声で叫ぶ。

「柘榴田！　藤堂！」「柘榴田さーん！」

七人は口々に彼女たちの名を呼ぶ。しかし、反応はなかった。この土砂に埋もれて、気を失っているのかもしれない。

「柘榴田！」「藤堂さん……」

五分経ち、十分経ち、その声も次第に弱くなってくる。もしかしたらもう四人は……頭を切り替える。

稲光が光った。肩の傷が痛い。そして秀也は、いつの間にか自分の体が冷えていることに気づいた。

雨は先ほどより強くなっているようだった。容赦なく、体温が奪われていく。九月のはじめとは思えない、まるで真冬のような寒さだ。

「あたし、ヤバいかも」

もっとも寒そうなのは、変温動物・蛇女の鎌首だった。ガタガタと震えながら、その唇は紫色になっていた。

「お前、蛇なんだろ。この土の中、潜っていけないのかよ」

赤沢が元気づけようと悪態をついたが、鎌首は「もう、無理……」とうずくまった。

それを機に、一同の動きはさらに鈍くなっていった。対照的に風雨は激しさを増す。

頬に突き刺さるような水滴。自然が、無駄だからやめろと言っているようだった。

「だめか……」

ついに呪戸主任までがそんなことを言って脱力した。蛍火課長も首を振りながら手を止めた。

秀也はスコップをその場に突きたて、足元を見る。前髪からは、雨のしずくがぽたぽたとたれ落ちる。

「〈揺炎魔女計画〉、か……」

主任がぽつりと口にした。

その言葉は、一同の心にある明確な意味を持って響いていった。彼女たちはここ数ヶ月、不正に妖怪《ようかい》の封印を解いては退治してきた。そればかりか呪戸主任は殺されかけ、秀也も長屋歪を焼かれてしまった。……すなわち、彼女たちは敵だ、というのだ。妖怪課を裏切った柘榴田もまた同じだ。

朽方の野望は阻止できた。もう、それだけでよしとすればいいのではないか。……秀也はその場の面々の目の中にそういう色を見て取った。寒さの中で、秀也も揺らぎそうになった。

そのとき、秀也が先ほど突き立てたスコップを握る手があった。

「ダメです」

おぼつかない手つきで土を掘り始めたのは、日名田ゆいだった。

「ゆいちゃん、無理しないで。もうしょうがないよ……」

蛍火課長がなだめるが、日名田はぶるぶると首を振ってスコップを動かし続ける。

「私たちは、四人を助けなきゃダメなんです」

「どうして」

「だって彼女たちは、朧月市民ですから」

日名田ゆいは手を止め、秀也の顔を見た。その目は、暴風雨の中でもわかるくらい真っ赤になっていた。

「宵原さん、言いましたよね。『公務員が夢を見ない自治体に、住民を幸せにすることはできない』って」

秀也はうなずく。

「住民を見殺しにする公務員が、夢なんか語れるんですか」

何かに頭を殴られたようだった。

「私は、明日《あした》も明後日《あさって》もしあさってもずーっと、住民を幸せにするために夢を見ていたい。朧月市役所妖怪課の職員として、夢見る窓口係でいたい。書類を受理したり、他の課の人に謝ったり、みなさんのスケジュールを管理したりっていう地味で平穏な仕事をして、ああ、明日も誰かの役に立ちたいなってささやかな夢を見る公務員でいたい。そのために、今、絶対に彼女たちを救わなきゃいけないんです」

そういうと彼女は再び、スコップを突き立てた。足元がふらついて、膝《ひざ》をついたが、歯を食いしばって立ち上がり、少しずつ土を掻い出していく。

——夢。

妖怪課で働き始めてからずっと秀也の頭にある言葉だ。夢を口にするのは簡単だが、それを本当の意味で自分のものにするのには、行動が必要だ。日名田ゆいの懸命な姿を前に、秀也は自分がまだまだ未熟な人間であることを悟った。

「悪かった」

呪戸主任が再びスコップを取り、日名田に加勢する。

「ゆいちゃんの言うとおりだ」

それに続くように、蛍火課長、氷室、赤沢が続いた。秀也ももちろん、手で作業をはじめる。鎌首も、もう寒さなど気にしていないようだった。

それから五分ほど作業は続いた。

「あっ、あれ！」

ようやく断面から人差し指の先端だけが再生してきた氷室が、泥の一部を示す。紫色の服の切れ端が見えていた。

「藤堂さん！」

名を叫びながら、慎重に土を掻き分けていく。七人とも無我夢中だった。

雷鳴はもう轟《とどろ》いておらず、雨はいつの間にかだいぶ小降りになっていた。

9

肩の傷は意外と浅かった。

傷口を押さえながら、シャワーの蛇口をひねり、熱い湯を頭からかぶる。汗と泥がいっしょになって排水口へ流れていく。

「……あーっ」

やっと落ち着いた。シャンプーを出し、泡立てていく。

「宵原、お前、ここ初めてか？」

「ええ」

隣のシャワーの前に座って同じくシャンプーをしている呪戸主任に答えた。

市役所から歩いていける距離にある〈茜部湯《あかねべ》〉という銭湯だ。前からあることは知っていたものの、〈すこやか荘〉にも風呂《ふろ》はついているし、長屋歪がいたころは広くしてくれていたから、一度も利用したことはないのだった。

午後九時を過ぎていたので、居酒屋の予定はキャンセルになってしまった。一同は仕事の疲れを癒《いや》すため、ここへやってきたというわけだ。地震があったことなどどこ吹く風、今日もずっと営業をしていたのだという。男湯には他に客はおらず、五人はシャワー台に並んで、汚れてしまった体を洗い始めたのだった。

「この銭湯な、氷室がまだ新人の頃」

「わー、主任、その話、ダメですって」

「赤湯《あかゆ》坊主《ぼうず》っていう妖怪が出たことがあってな」

「おお、あったねえ」

「ダメですって、言っちゃ」

主任と課長が体を洗いながら楽しそうに話すのを、必死で氷室が止めようとしている。するど、ぼちゃぼちゃと水音がした。とっさに、赤沢が氷室の頭を叩《たた》いた。

「お前、銭湯で、手首切り離してんじゃねえよ」

「だって、興奮するとこうなっちゃうんですよ」

鏡の前では例の小瓶から赤いトカゲが顔を覗《のぞ》かせ、ちろちろと舌を出している。

「ねえ、なんかそっち、楽しそうじゃなーい？」

女湯のほうから、鎌首の声が聞こえてきた。

向こうも、貸切状態のようだった。

職場のみんなと銭湯。悪くない憩いの時間だ。秀也はシャンプーをさらに髪の中で泡立てながら、ほっとしていた。

――さっきまで、あんなに緊迫した仕事をしていたのが、信じられないくらいだった。

*

四人の女性を土砂の下から掘り起こすのに、十分と少々かかっただろうか。四人ともわずかながらに息をしていた。

「まだ病院に運べば助かるかもしれない」

「かもしれない、じゃねえんだよ」

赤沢に向かって、呪戸主任が言った。

「助けるんだ。俺たちが」

「はい！」

主任、赤沢、氷室、秀也の四人で一人ずつを背負い、狭い階段を上っていく。

雨はだいぶ落ち着いてきていた。しかし、足元には気をつけなければならない。

「頑張ってください、柘榴田さん」

届くかわからないエールを背中の柘榴田に送りつつ、すぐ上にたどり着いた。疲れてはいたが、一刻を争うのだ。

なんとかダム管理所の前まで引き返してきたが、さらなる困難が待ち受けていることを七人は思い出した。市役所から乗ってきたセダンは、道を阻む二つの大岩により、かなり遠いところに置き去りなのだ。あそこまで四人を背負っていくとなると時間がかかる。

「せめて、これが使えればな」

赤沢が、そこに停めてある朽方の選挙カーを恨めしげに眺めた。

たしかにこれに四人を乗せれば、岩のところまではいける。そこからセダン車に四人を移し替え、病院に……これがもっとも時間がかからない方法だ。

そう考えるなり、秀也は建物めがけて走っていた。

「宵原、どこ行くんだ！」

赤沢の叫び声が背中に浴びせられた。

秀也は建物に入り、階段をかけ上がり、さっきの部屋に入った。

朽方は、配電盤の前に呆然《ぼうぜん》と座り込んでいた。

「朽方さん」

声をかけると、彼は顔を上げた。秀也は今までのことを説明した。すぐに彼女たちを病院に運ばないと危ないということも。

「お願いです。選挙カーの鍵《かぎ》を貸してください」

すると彼はげっそりした顔に薄笑いを浮かべた。

「なぜです。なぜ私が、あなたに協力をしなければならない？」

「人の命がかかっているからです」

「愚かな人ですね。私の理想をめちゃくちゃにし、この国を危険にさらしているあなたが、人の命などと」

「いいから、早く！」

朽方は、よろよろと立ち上がった。いつもきっちりとしている頭髪は乱れ、額は汗でびっしょりだ。

「宵原さん。歴史というのはね、限られた人間にしか動かすことができない。あなたのような、住民レベルの公務員などが私の邪魔をしていいはずはないんだ。ましてや、自治体アシスタントなど。腐った官僚主導政治の迷走の産物だ。無駄遣いなんだよ」

「あなたの講釈を聞いている場合じゃないんです。こうしている間にも、四人は苦しんでいるんです」

朽方はポケットに手を入れた。そして、鍵を足の近くに投げた。秀也は近づきそれを拾う。その手首をぐいと朽方が摑《つか》んだ。ぎりぎりと締め付けられる。

秀也の顔に、彼の顔が近づいてくる。

「宵原さん、あなた、後悔することになりますよ」

血走った目で、秀也を睨《にら》みつける朽方。

「この国が、いつまでも平和だと思うなよ」

秀也はその手を振り切って、部屋を走り出た。

*

「お風呂で手首から先を切り離すと、けっこう便利なこともあるんですよ」

「なんだよ」

氷室と赤沢の話は続いている。

「こうやってタオルを持たせて、背中がしっかり洗えます」

氷室の手首から先は、石鹸《せっけん》とタオルを持ち、赤沢の背中を這《は》い上がっていく。

「気色悪い、やめろよ！」

赤沢が立ち上がって怒鳴る。蛍火課長と呪戸主任は声を合わせて大笑いした。秀也も笑う。この幸せな時間が続けばいいのに、と思った。

——この国が、いつまでも平和だと思うなよ。

ふと、朽方の声が聞こえた気がした。

彼の理想は、たしかに時代の流れに沿った国家のあり方を見据えているという見方もできるのかもしれない。国を守ること、もっと言えば、国単位の大きな仕事はもちろん大事だ。……しかし、秀也は思うのだ。地方自治体で、住民に密接にかかわる公務員がいてこその、国家なのだと。小さな規模で心のこもった仕事をこなす公務員がいるからこそ、血の通った政治が成立するのだと。

自分のしていることは少しも間違ったことではない。それは、こうしてともに働く仲間の笑顔が何よりの証明に思えた。こういう公務員が全国にたくさんいて、それぞれの地域のために働いているのだ。

——この国が、いつまでも平和だと思うなよ。

政治家の理想というものを、完全に理解することはできないのかもしれない。ただ、明日《あした》からも住民のため、妖怪《ようかい》対応に走るだけなのだ。朧月市での自治体アシスタント生活が終わるまでは。

「宵原さんもどうですか？」

石鹸とタオルを持った両手首から先がタイルの上を這ってきて、秀也の背中をよじのぼる。指の感覚が不思議だったけれど、しっかり背中を洗ってくれている気がした。

「あ、ああ、気持ちいいです」

「ホントかよ、お前」

赤沢が顔をしかめ、課長と主任はまた声をあげて笑った。

エピローグ

いつまでも続くと思われた残暑はしだいに勢いをなくし、日は照っているのに風は涼しくなりつつあった。

九月十五日。秀也が朧月を離れる日である。

「忘れ物、ないですか？」

隣を歩く日名田はさっきから同じことばかり聞いてくる。

「一昨日《おととい》、全部送っちゃったから」

秀也は手荷物のカバンを掲げて応《こた》えた。

「S県に行くのは、十月の初めになるんですよね？」

「はい」

自治体アシスタント登録センターからの連絡によると、特におかしなことがない限り、次の出向先は通知どおり、S県の佐仏谷町《さぶつだにちょう》ということになる。ダムの建設を巡って、住民と国、間に入る町役場がいろいろもめているそうだ。……あんなにダムで苦労したのに、またダムでもめているところへ行くなんて、と、主任は苦笑いしていた。

「次のところに行く前に、やっぱり免許取っといたほうがいいんじゃないですか?」

「えー、必要ですか?」

「はい。田舎の自治体だと絶対に必要です」

たしかに、この半年間身にしみていたことだ。もし免許があったら、一人で外回りをすることももっと多かっただろう。

「朧月でも取れますよ」

「本当に?」

「はい。まあ、他の教習所と違って、べたりの特別対応っていう授業が余計に一コマありますけど」

またべたりのだ。しかし、朧月で生活していくには、夏はべたりののことは避けて通れない。そういえばここ数日、すっかりべたりのを見ていない。やはり夏は、終わりを迎えつつあるのだ。

そうこうしているうちに、二人は駅に着いた。

＊

盃銅鑼ダムの騒動から約一週間。いろいろな情報が秀也のもとには入ってきている。

まず、土砂の下敷きになってしまった四人は命に別状はなく、いまだ入院中だがあと数日で退院できるだろうということだった。朽方に生贄《いけにえ》にされそうだったという事実は四人に衝撃を与え、藤堂たちは妖怪の封印を解いていたことを悔い改め、今後は古着屋として再スタートを切るそうだ。栢榴田も一から勉強し直して政治家を目指すという。朽方は、あの一件以来なりを潜めており、わけしり口が得てきた情報によると、人知れず駅から電車に乗って朧月を去ったらしい。

黒乃森前市長は、鮒見前副市長の不祥事のほとぼりが冷めるまではおとなしくしていると言ったが、虎視《こし》眈々《たんたん》と次期市長の座を狙っているということだった。

そして、秀也以外の六人の妖怪課のメンバーは——いつもと変わらない。

ちなみに、今日も秀也はお別れを言うため、八時半にはプレハブに顔を出したのだが、みな申し送りの書類だの、溜《た》まっている報告書だので忙しそうだった。結局、いつものソファーで、主任、赤沢、鎌首、氷室の四人とは、外回りに出かけていくのを秀也が見送る、という形でお別れとなった。

その後すぐに、蛍火課長が「ゆいちゃん、宵原くんを駅まで送ってきてくれる？」と言ったのだ。

「電車の時間までまだ時間あるでしょう。ゆっくり歩いてきていいから」

ウィンクをするように、プレハブ中の蛍光灯がバチンと一回、暗くなった。

＊

「あっ、来ましたね」

日名田ゆいが立ち上がる。秀也もカバンを持って腰を上げた。ホームに出ると、二両編成の緑色の電車がゆっくりとやってくるところだった。

ドアが開く。車両には誰もいない。秀也は乗り込み、振り返った。

赤いチェックのキャスケット。白いブラウス、プリーツスカート。公務員にしては明るい茶色の髪の毛に、くりくりとした目。日名田ゆいが微笑んでいた。

「それじゃあ、しばしのお別れ」

「はい。お元気で」

日名田は両手を後ろで組んで、唇を突き出した。秀也はその唇にキスをする。

ドアが閉まった。ゆっくりと動き出す電車。窓の外の日名田が、不意に悲しそうな顔をした。

「迎えにくるから」

唇をゆっくり動かして言うと、彼女は微笑んだ。手を振る日名田が見えなくなっていく。

秀也は、唇の余韻を確かめながら、ボックス席に座った。……この市で秀也が得たものは、公務員としての経験だけではないのだ。

窓外に流れる朧月の風景。半年前はまだ田植え前で茶色かった田んぼが、今は稲穂が黄色くなりつつある。

あの〈すこやか荘〉に帰ることはもうない。この市で公務員として働くことも。

なんだか感傷的になって、目をつぶった。

日名田ゆいと次会うのは、早くても半年後。将来がどうなるかわからないけれど、連絡は取れる。いつか、一緒に……。

「お兄さん」

不意に耳元で声がして、驚いて目を開ける。派手なカーディガンを着たしわくちゃの老婆が、目の前に座っていた。

「あんた、勇ましくなったが、鈍いわな」

「え?」

「甘いわ。そんなに甘いアメは、この飴玉婆も持ち合わせてないわ」

どういう意味だろう?

「まぁいい。これ、食べなさいね」

飴玉婆は、アメを差し出してきた。秀也は受けとり、アメを口に放り込んだ。……どうせまたあの、嫌な甘さが口に広がるのだ。半年程度の労働じゃ、まだ甘いとでも言うのだろう。わかっている。まだまだ、全国で経験を積まなければならない。

口の中に、妙な味が広がった。

「あれ、甘くない……」

少しは、世間の厳しさを知ったということだろうか。

しかし、その考えは外れだった。

「それはね、眠り飴《あめ》」

「眠り飴？　それって……」

そこまで言って、秀也はこてんと横になってしまった。


「おうおう、情けねえなあ……」

見渡す限りの海。青い空。船の甲板の上で威勢よく秀也に迫ってくるのは、鼻プロテクターをつけたあの男だった。

「堀杉さん」

「ちげえよ」

「えっ？」

「周りの状況を見たら、わかるだろ？」

「まさか、夢按針？」

堀杉は当然だろうというようにうなずいた。

「でも、はっきりとは思い出せないくらいの人の顔を借りて出てくるんじゃ……」

「野暮なこと言いっこなしだよ、宵原」

その顔は、鎌首に変わっていた。

「私からの、はなむけのサービスでしょう？」

……そういうことか。夢按針は、朧月を去る秀也のために、この半年間で出会ったいろいろな人の顔に次から次へと変化した。市役所の面々はもちろんのこと、妖怪《ようかい》対応で出会った市民の顔まで。そしてすべての顔で「ありがとう」「よく頑張った」などとメッセージを言ってくれた。彼らの顔とともにある経験はすべて大事な思い出であり、秀也の財産として深く記憶の中に刻み込まれることとなるだろう。

「それでは最後に」

やがて黒乃森幸雄の顔で、夢按針は言った。

「宵原さんが最も会いたい彼の顔を借りることにしましょう」

「最も会いたい？」

「ひゃひゃひゃひゃひゃ……」

目玉のない眼窩《がんか》。一本欠けた前歯。ストライプのスーツにミディアムスタイルの髪型。

「長屋歪！」

「ヨイハラさん、楽しかったですねえ」

「ああ……」

夢の中だというのに、目頭が熱くなってきた。何も言葉が出てこない。

「ヨイハラさん、いつかお風呂《ふろ》の中で、私が聞いたこと、覚えてますか？」

「ん？」

「人間って、どうしても夢を見なきゃいけないのか、って」

覚えていた。あのときは悩んでいて答えられなかったのだ。

「今なら、なんて答えますか？」

「もちろん、どうしても見なきゃいけない」

長屋歪はひゃひゃと笑うと、うなずいた。

「私から、それに補足してもいいですか？」

「補足？」

「自分の見た夢にはね、責任を持たなきゃいけない。夢を言い訳にしてはいけないんです」

ずしりと胸にくるような言葉だった。

「長年、人間の夢を覗《のぞ》き続けていますがね、最近の人たちは夢を言い訳にしすぎる。夢に陶酔しすぎて、現実を見ない。夢はただ見て楽しむためのものじゃいけないんです。厳しさを乗り越えてでも、現実にしていく努力をしていかなきゃいけないんです。夢を持った人にはそういう責任があるんです」

やっぱりこれは、夢按針の言葉だった。

「ヨイハラさん、『公務員が夢を見ない自治体に、住民を幸せにすることはできない』。

そして公務員はその夢を現実に近づける努力をしなければならない。ヨイハラさんにはその責任がある。そうですね」

「ああ」

秀也は力強くうなずいた。

そして、それとは別の感情が生まれた。

「お前、妖怪のくせに、生意気だぞ」

「ひゃひゃひゃひゃ……」

いつもの甲高い笑い声に戻った。

「船が沈みまーす」

「え？」

がくんと甲板が落ち、水が乗り上げてきた。このままでは溺《おぼ》れてしまう。

「逃げたければ、後ろをご覧ください」

振り向くと、船室があった。黄色いドアのノブを、秀也は引いた。

「あっ」

障子が出てきた。それをガラリと引くとまたドアが。それを開けると引き戸が。それを開けるとシャッターが。迫りくる波に焦りながらどんどん扉を開けていく。そのたびに扉は小さくなり……やがて二十センチ四方の白木造りの観音開きが現れた。

これが最後だ。……と開いた瞬間、ごろりと生首が転がってきた。

「逃げられませんよ」

自分の夢から。そして、自分の人生から。

「戦い続けるんですよ」

甲高い笑い声と、何か妖《あや》しいモノたちのざわめきが耳に入ってくる。同時に、ざぶんと水が乗り上げてきて、秀也を呑《の》み込んだ。

朧月市。それは、かつて日本全国を闊歩《かっぽ》していた妖怪たちが封じられている自治体。

……記憶の渦の中でぐるぐる回りながら、頭の中から何かが抜けて行く気がして、少しだけ寂しかった。

了

家を揺らす「妖怪ぼこし指」（P60より）
画／青柳碧人

※本書は書き下ろしです。

朧月市役所妖怪課《おぼろづきしやくしようかいか》

妖怪《ようかい》どもが夢《ゆめ》のあと

青柳碧人《あおやぎあいと》

平成27年　2月25日　初版発行
令和7年　6月20日　5版発行

発行者●山下直久

発行●株式会社KADOKAWA
〒102-8177　東京都千代田区富士見2-13-3
電話　0570-002-301（ナビダイヤル）

角川文庫 19010

印刷所●株式会社KADOKAWA
製本所●株式会社KADOKAWA

表紙画●和田三造

ISBN978-4-04-101418-9　C0193

◆◇◇